O SEQUESTRO DE MARIA

Editora Appris Ltda.
1.ª Edição - Copyright© 2023 dos autores
Direitos de Edição Reservados à Editora Appris Ltda.

Nenhuma parte desta obra poderá ser utilizada indevidamente, sem estar de acordo com a Lei nº 9.610/98. Se incorreções forem encontradas, serão de exclusiva responsabilidade de seus organizadores. Foi realizado o Depósito Legal na Fundação Biblioteca Nacional, de acordo com as Leis nºs 10.994, de 14/12/2004, e 12.192, de 14/01/2010.

Catalogação na Fonte
Elaborado por: Josefina A. S. Guedes
Bibliotecária CRB 9/870

C957s
2023
	Cruz Júnior, Carlos Magno da
	   O sequestro de Maria / Carlos Magno da Cruz Júnior. - 1. ed. - Curitiba: Appris, 2023.
	   149 p. ; 23 cm.
	
	   ISBN 978-65-250-4034-9
	
	   1. Ficção brasileira. 2. Sarcoma. 3. Mamas – Câncer. I. Título.
	
	CDD – 869.1

Livro de acordo com a normalização técnica da ABNT

Appris editora

Editora e Livraria Appris Ltda.
Av. Manoel Ribas, 2265 – Mercês
Curitiba/PR – CEP: 80810-002
Tel. (41) 3156 - 4731
www.editoraappris.com.br

Printed in Brazil
Impresso no Brasil

Carlos Magno da Cruz Júnior

O SEQUESTRO DE MARIA

FICHA TÉCNICA

EDITORIAL	Augusto V. de A. Coelho
	Sara C. de Andrade Coelho
COMITÊ EDITORIAL	Marli Caetano
	Andréa Barbosa Gouveia - UFPR
	Edmeire C. Pereira - UFPR
	Iraneide da Silva - UFC
	Jacques de Lima Ferreira - UP
SUPERVISOR DA PRODUÇÃO	Renata Cristina Lopes Miccelli
ASSESSORIA EDITORIAL	Nicolas da Silva Alves
REVISÃO	Bruna Fernanda Martins
	Alana Cabral
PRODUÇÃO EDITORIAL	Nicolas Alves
DIAGRAMAÇÃO	Bruno Ferreira Nascimento
CAPA	Sheila Alves

A grande heroína de nossa história, exemplo de força, fé e resiliência.
Esta obra é para você Micheli, que sua força inspire a todos que enfrentam este inimigo cruel.

A Deus e a sua infinda bondade que deu aos homens a capacidade de pensar e sentir e assim vencer os desafios da vida, unindo fé e ciência.

SUMÁRIO

Capítulo 1
ERA UMA LINDA NOITE 11

Capítulo 2
A CAPITAL 14

Capítulo 3
NEM TUDO SÃO ROSAS 20

Capítulo 4
O SINAL 26

Capítulo 5
O TELEFONEMA 35

Capítulo 6
SEM CHÃO 39

Capítulo 7
O CATIVEIRO 46

Capítulo 8
ONDE ESTOU? 54

Capítulo 9
UMA PROVA DE VIDA: A AMPUTAÇÃO 58

Capítulo 10
A VIDA NO CÁRCERE 63

Capítulo 11
TROCA DE CATIVEIRO 66

Capítulo 12
O ISOLAMENTO 71

Capítulo 13
AS CHAGAS NO CÁRCERE 94

Capítulo 14
MADEIXAS AO CHÃO 119

Capítulo 15
A PRISÃO SEM FIM 126

Capítulo 16
ESPERANÇA E ARMADILHAS 131

Capítulo 17
ESTOURO DO CATIVEIRO 134

Capítulo 18
O BANDIDO AINDA ESTÁ A SOLTA 139

Capítulo 19
A RONDA DO MELIANTE 143

Capítulo 20
ENFIM A LIBERDADE 147

Capítulo 1

ERA UMA LINDA NOITE

A noite alva cintilava de estrelas, parecia um pala negro cravejado de brilhantes. O aroma gelado adentrava os pulmões, e ao mesmo tempo que queimava, refrescava o gosto da madrugada e animava a multidão que se espremia pelas ruas estreitas ladeadas de taipas e galpões, dando um ar pitoresco à festa tradicional dos campos de cima da serra.

Dentro daquela massa de gente, um casal flutuava alheio ao turbilhão de vozes e cantorias regadas ao estilo mais campeiro que se podia naqueles tempos. Parecia um passeio pelos campos amarelados pelo rigor do inverno, mas que, mesmo em estado latente, explodia a força do renascimento à espera da primavera.

E ali caminhavam, trocando olhares tímidos, balbuciando prosas sem nexo. O amor tem disso, traz aos nubentes uma parvidade ingênua que abrilhanta o momento, mesmo não sendo algo assim, que os poetas exaltassem em seus versos. Mas que importa, a paixão é esbelta em si própria e não precisa de rebuscados adjetivos ou retóricas cinzeladas.

Para adornar a cena, bombacha de linho com buchos ao estilo serrano, lenço carijó e um boné de pano carimbavam de autenticidade o traje do moço. Ela, embora não se vestisse à moda das prendas, somente sua jovialidade e sua beleza já transcendiam as expectativas, e se algo pudesse definir uma mulher gaúcha, estava ali, na mais fiel e verdadeira tradução do significado de prenda.

E aquela mecha de loiros cabelos sedosos, caprichosamente encobrindo parcialmente o olhar ofuscante de seus brilhantes olhos esverdeados, traduzia naquela jovem tudo aquilo que o moço sonhara para si. Um sonho que estava prestes a começar.

Naquela apoteótica caminhada, ignorando ruídos, sons e movimentos da multidão, deparam-se frente a frente sobre o chão coberto de serragem, como costume nos locais de baile. Aquela situação tão simples, arriscaria a dizer, olhando de fora, tão normal, sem qualquer característica exuberante, seria o catalisador dessa história.

De repente, sem ter o que falar, pois a timidez diante daquele momento tão sublime, com um ardor saudável no peito que nunca sentira antes, o emudecera, e o moço começou a mexer os pés sobre a maravalha, tendendo a fazer o desenho de uma meia-lua. Sem lógica, sem sentido. Mas seu ato quase insano segue acompanhado de reciprocidade por aquela linda garota.

Quando ambos, olhando para o chão, veem os desenhos ilógicos transfigurarem um uma só figura, imediatamente voltam seus olhares de forma consoante. Não tem mais volta. Aqueles olhares fitados no horizonte dos olhos um do outro transmitiam uma labareda fluídica que os dois não sabiam explicar. Apenas sentiam uma corrente descendo e percorrendo cada centímetro de seus corpos, acendendo um sentimento jamais imaginado, jamais experimentado por qualquer um do casal. Mas era sublime, aquele momento envolvente, mágico, capaz de fazer sumir toda e qualquer imagem periférica, de fazer calar o mais alto reverberar dos potentes alto-falantes, deixando apenas o calor gelado emergir de seus âmagos, no compasso cadenciado, mas ligeiramente acelerado, de seus corações, para desaguar em um leve tocar de lábios que trazia o gosto do sereno da noite, cheio de enlevo, ao tocar as flores do campo.

Assim começa oficialmente nossa história. Pois somente após esse acontecimento é que o enredo narrado faz sentido. Desde esse momento, as vidas de nossos personagens se fundiram de tal forma que eles mesmos eram incapazes de separá-las. Uma comunhão harmoniosa, que apesar de tamanha coesão, não havia o sufocante viés da obrigação, da conveniência. Estavam assim porque queriam estar dessa forma, por lhes fazer bem ter a certeza de que o comprometimento mútuo não os tolhia em sua individualidade, pelo contrário, construía uma saudável forma de crescimento individual, talhada no respeito mútuo, e sobretudo moldada no amor em sua mais fina essência.

Foram vários capítulos construídos a partir daí. Dois frutos lindos advindos desse enlace adornaram e adoçaram a vida, sendo que ao mesmo tempo traziam mais responsabilidade e surpresas inesperadas, umas boas, outras desafiadoras e instigantes.

E, como todo relacionamento, nem tudo foram rosas, mas pode-se dizer que a amálgama formada no amor e no respeito facilmente transpunha os desafios e degraus da vida a dois, trazendo mais força e maturidade a ambos.

No entanto, nos ateremos aos fatos mais recentes, diria também o mais hercúleo e desafiador que juntos passaram.

Capítulo 2

A CAPITAL

Era um dia como outro qualquer, porém de uma nova fase. A adaptação à mudança de cidade desafiava toda a família. Deixar a cidade natal, interiorana por essência, para ir à capital, não foi algo assim tão fácil. Talvez a maioria das pessoas não sentiria tanto, mas não foi o caso.

Antes viviam em uma casa bem localizada, em um bairro muito bom, nem tão pacato, porém nem tão movimentado. A residência plotada no centro de um terreno razoável garantia o conforto de dispor de um grande jardim. Compondo o aprazível local, estava em destaque um pé de Bracatinga-Rósea, frondosa, porém sem exagero, que garantia boa sombra ao tapete de grama verde que servira de pista para muita correria com as crianças, um belo recanto para o mate do fim da tarde. E quando floria, as flores rosadas desabrochavam e exalavam um perfume suave que alentava ainda mais o ser. Aquele aroma traduzia a beleza da natureza, que mesmo dentro do centro urbano teimava em mostrar sua maravilha, e ressignificava todo o entendimento que se tinha da vida.

Ao lado da entrada para a garagem, dispunha-se de um canteiro caprichosamente pintado de rosas. Eram lindas plantas, as rainhas de todas, cuidadas com esmero, tratadas como membros do clã. Tinha rosas brancas, vermelhas, amarelas. Estirpes muito antigas, inclusive do tempo dos seus bisavós, traziam nostalgia ao cultivo.

E aqui cabe bem um comentário. As roseiras, como já dito, consideradas as rainhas das flores, nos servem muito bem de exemplo para a vida, e têm muito a ver com esta história.

Muito usada nas divagações filosóficas mais simples, nem por isso menos importantes, a roseira se destaca pela exuberância de sua flor, um amontoado de pétalas sobrepostas cobrindo seus estames e ovários, quando desabrocham servem de proteção e de atração aos insetos. O caule herbáceo recoberto por acúleos, que normalmente chamamos de espinhos, traz a conexão com as histórias da vida narradas pelos sábios.

Mas deixando a botânica, as rosas remetem ao dia a dia das pessoas, a beleza, a exuberância, quase nunca vem só, traz consigo os espinhos, que se não forem considerados podem nos ferir, e às vezes, e não poucas, mesmo com todo o cuidado ainda somos espetados pelos acúleos afiados. Assim é a vida, mas como na rosa, os espinhos não subtraem em seu riste a beleza da flor, os obstáculos que nos ferem não podem sobrepor a grandeza da vida, devem sim nos fazer refletir, mostrar que na vida não basta buscar o êxtase, mas devemos ter a sabedoria de que para o desabrochar da rosa é necessária uma haste que a sustenta repleta de espinhos. Para vencermos, precisamos nos sustentar de caminhos com flores e espinhos, em que cada episódio, seja ele alegre ou dolorido, edifica nosso ser, nos constrói do jeito de somos, e esse jeito nada mais é do que a forma como enxergamos as flores e os espinhos. Não esperemos uma beleza artificial, mas, sim, o verdadeiro encanto conseguido com as mãos sujas, e às vezes feridas, pelo cultivo do solo. Não basta somente o fim, a formosura está pelo caminho. É como diz Augusto Cury, todos querem a beleza das rosas, mas poucos se sujeitam a sujar as mãos no cultivo da terra.

Voltando ao nosso jardim, faltou a pequena árvore de folhas miúdas e onde o verde claro da parte inferior das folhas contrastava com o rabiscado branco da parte superior, trazendo à retina mágicos instantes quando o ilusionista vento soprava sobre ela. Ainda aqui mais uma roseira teima em trepar sobre sua amiga, espalhando-se sobre os ramos, entremeando-se sobre a folhagem. E quando florescia então, aquela ilusão antes descrita ganhava uma protagonista, e suas rosas miúdas davam mais graça aos efeitos do sol e do vento, sendo incapaz de descrever o que se avistava, pois essa visão remetia aos recônditos da alma, e ao tentar descrever em palavras, com toda certeza, lesaria a sensibilidade aflorada.

No hall de entrada principal, um vaso de meia altura, encoberto por gerânios de diversas cores, que pendiam rumo ao chão, completando as boas-vindas a quem se adentra àquele lar.

A sala ampla em desnível marcada por dois ambientes, uma sala de estar e uma mesa de jantar para momentos especiais. Aliás, momentos especiais não se encaixavam muito bem. O costume era fazer de todos os momentos especiais, independentemente do local. A alegria reinava. Não de forma soberba, mas vinda da humildade e simplicidade que faziam a matiz mais suave em todos os dias.

O local mais frequentado da casa, por todos, era a cozinha. Ampla, com o mobiliário dando um aspecto enxuto. Todavia, não poderia faltar o famoso e querido fogão à lenha. Acessório que era certo nas conversas de inverno, usado todos os dias naquela estação, aquecia fisicamente todo o lar, bem como unia e incendiava as relações cordiais em família.

Na parte de cima, estavam os quartos, um do casal, um para eventuais visitantes e mais um para o menino e outro para a menina. Todos bem aconchegantes decorados conforme o desejo de cada um, sem extravagâncias, mas traduzindo um pouco da alma dos viventes.

Ah, ainda temos o fundo do terreno que era ladeado de uma edícula, que comportava uma área para fazer o asseio da casa. Um depósito básico repleto de ferramentas e que servia para acumular a fonte de energia do querido fogão, milheiros de paus de lenha. Tinha também um local que se chamava "brinquedoteca". Alegria da criançada, quando visitavam, pois era o destino certo e rápido de todas elas, sempre pajeadas pelos reis do local, Dom Gordinez e Dona Repilica. Por fim, um pequeno salão de festas composto por uma cozinha e uma churrasqueira selava o ambiente de confraternização e convivência familiar.

De repente, tudo ficara para trás. Cidade nova, casa nova, quer dizer, apartamento novo. Apartamento, algo que só se conhecia por visita, algumas recepções e nada mais. Viver em um edifício jamais tinha sido algo a ser discutido, sonhado, sequer pensado. Casa é bem melhor. Mas, enfim, é o que se tinha para hoje.

A chegada foi empolgante, apesar da estranheza, a curiosidade superava, entretanto, estando volteada do medo da adaptação. Condomínio simpático. Conjunto de quatro blocos de edifícios com cinco andares cada um. Uma guarita de acesso com vigilância 24h. Vinte e quatro horas, para que isso? Onde estamos nos metendo? Seria mesmo necessário? Mas vamos lá.

Bloco B, apartamento 02. Estacionando a camionete próximo à entrada do prédio, um calor considerável fazia o suor escorrer com duplo significado, pela necessidade de regulação térmica mesclada à ansiedade da mudança. Subindo pelo elevador, um corredor largo levava à entrada do apartamento. Tudo muito simples, isso não incomodava, pelo contrário, trazia certa tranquilidade à família.

Pronto, a porta aberta mostrava um novo mundo. Uma sala ampla, porém, muito menor do que a que tinham antes. Três quartos, tamanho padrão, um deles sendo uma suíte. A pequena cozinha apresentava o maior contraste, pequena, muito pequena, para quem costumava receber os amigos, os familiares, que, diga-se de passagem, não eram poucos os que os visitavam. Família de origem italiana, alegre, barulhenta, na grande cozinha, com o mestre fogão à lenha, agora resumido ao pequeno cômodo. Era o recado, novos tempos, novos hábitos, novas rotinas.

A mudança é salutar, quando estamos em nosso círculo de conforto tudo é mais fácil, conhecemos tudo, é mais fácil prever o que fazer, o que esperar de nós mesmos e dos outros, mas quando transpassamos esse limite... o mundo recomeça, apesar de ser uma metáfora forçada, parece que nascemos de novo. Claro que não viemos crus, nossas vivências, experiências vêm conosco, mas como a criança que vê pela primeira vez o mundo, ficamos mais atentos a cada detalhe, a cada movimentação. Cuidamos mais do que fazemos, de como fazemos, sempre dando aquela olhadinha para o lado para ver se tem alguém olhando, se estamos adequados ao local. De certa forma, por mais que tentemos dizer que não, é como se aprendêssemos tudo novamente.

Mas sempre uma moeda tem duas faces, o lugar era aprazível, existiam algumas ilhas ajardinadas com algumas palmeiras fazendo sombra para um conjunto de bancos de concreto em forma de meia lua, lugar ideal para o mate de fim de tarde. Tinha também piscina no condomínio, o que amenizava a angústia das crianças, afinal de contas uma piscina sempre é um local legal de se ficar. As ruas internas eram curtas, mas favoreciam um espaço para andar de bicicleta sem ter que se ausentar da segurança dos muros, e claro, da guarita 24 horas.

Bem em frente ao prédio, do outro lado da rua, tinha um parque público, com uma quadra esportiva de concreto, malcuidada, é certo, mesmo assim era um local possível de ser utilizado. Também ali existia um campo gramado, que embora a vegetação fosse um pouco mais alta do que o desejável, era plausível de uso. Como nesses locais, não poderia faltar um parquinho com balanço, escorregador e uma ponte pênsil. Como o restante do espaço público, falta uma atenção maior, muitos brinquedos estavam quebrados, e a ponte dificilmente não estava arrebentada. Uma lástima, pois o parque seria agradabilíssimo, um local de encher os olhos caso recebesse a atenção que merecia. Mas vamos em frente, essa não era uma característica única daquele local, infelizmente não estamos socialmente desenvolvidos para saber cuidar e dividir espaços como esse.

Isso aconteceu no início do ano, antes do início das aulas. Por falar nisso, escola nova, novos amiguinhos, nova metodologia, ufa. Foi outro desafio à parte.

Deixar uma escola pequena, deixar sua turminha de amiguinhos desde o jardim da infância, garanto que não foi uma empreitada fácil. Claro que isso ajuda a crescer, a amadurecer, mas que não é fácil, não é. O novo educandário não ficava distante, cerca de 10 minutos de caminhada. Localizada em um terreno declivoso, os vários patamares representavam um segmento. Os irmãos seriam separados fisicamente, diferente da pequena e aconchegante escola do interior.

A menina, mais disposta, expansiva e conversadeira, tendia a uma adaptação mais tranquila. Já do menino, introvertido, reservado e tímido, esperava-se um entrosamento complicado. No entanto, foi ao contrário. O rapazinho conseguiu uma adaptação mais fácil, como era mais reservado, usou isso a seu favor. Mantendo-se na sua, foi aos poucos demarcando seu espaço e fazendo amigos, poucos, é certo, mas que lhe conferiram um lugar ao sol na nova realidade.

Já a garota, com ares de dominância, encontrou um ambiente mais hostil. Antes tudo era conhecido, havia uma família inteira de suporte, tios, primos, avós e agora era somente ela, o irmão, pai e mãe. Ou seja, suas armas de imposição diminuíram drasticamente. O local era conhecidíssimo, tinha como moeda a casa grande, um sítio lindíssimo de seu nono, trocados agora pelo apartamento em condomínio simples, e só isso. Apesar de não ser pouco, e ela sempre ter sido educada a saber que era uma privilegiada, suas barganhas foram substancialmente subtraídas. Resultado, ficou mais deslocada, fez poucas amizades e não se adaptou à turma.

Pois bem, os adultos fizeram suas rotinas. O pai ocupou-se das lides laborais. Deslocar-se todo dia até o centro da cidade, cumprir seu expediente e voltar ao fim da tarde. De vez em quando, quando a agenda permitia, uma escapada para um almoço em família. A mãe, que teve que deixar seu consultório e seus pacientes, ocupava-se com as atividades do lar. Procurou no artesanato ocupar melhor o tempo e sentir menos a falta das sessões de psicoterapia, uma grande prova de desprendimento e amor à família.

E assim a vida foi se ajeitando.

Capítulo 3

NEM TUDO SÃO ROSAS

A dificuldade de adaptação ficava mais clara com as crianças, apesar de alguns meses de aula, o ideal não se estabeleceu. As reclamações constantes, o embotamento das emoções em uma hora, para na outra explodir de revolta e cobrança pela mudança sofrida.

O menino, que sempre fora um dos primeiros da classe, deixava frequentemente de fazer as tarefas de casa, reclamava de quase todos os professores, e havia diminuído muito seu rendimento. A menina, apesar de adentrar na rotina escolar, reclamava da falta das suas amiguinhas da outra escola, e que ali era diferente, que as amigas não eram como eram as outras. A cultura, apesar de ser geograficamente tão próxima, mostrava seu viés. E como ainda não tinham maturidade suficiente, entender isso se tornou um grande mistério e um desafio hercúleo para as crianças. Podem até dizer que não é tão complicado, entretanto para elas foi.

Muitas idas à direção, ao apoio pedagógico, chegando até a procurar outras instituições para uma possível mudança de escola. Enfim, tudo foi caminhando para uma aceitação, mas não um aceite pronto, sim uma abertura à adaptação, pois isso era o que se tinha. Não haveria volta a princípio.

O estresse era contornado com a promessa de, no máximo, a cada quinzena uma visita à cidade natal. Visita? Isso por si só mostra a dicotomia criada, visitar um local em que se passou a vida e ainda é o meu local, mesmo não estando ali. A casa na serra não estava alugada, estava fechada à espera do complemento, à espera das peças que fechavam a cena. Um cenário que ficava combinado que estaria completo a cada 15 dias, sendo que o sonho era a cada fim de semana.

Passeios ao shopping no fim das tardes fizeram parte da estratégia para amenizar o desconforto. Nos fins de semana de castigo, digo, sem subir a serra, buscava-se as praias. Um remédio salutar, a beleza do mar ameniza as angústias, segura a ansiedade.

O SEQUESTRO DE MARIA

A primeira empreitada foi conhecer as praias do norte. A Barra da lagoa foi a escolhida, a esmo. Estavam indo para a Lagoa da Conceição, e como já era conhecida, tanto quanto a famosa praia da Joaquina, o passeio rumou à Barra. Passando pela Praia Mole, não se encorajaram em ficar, pois sequer tinha local para deixar o carro. Os poucos espaços eram em locais à beira da rodovia simples, e bem declivosa, indicados pela sinalização sua proibição de estacionamento, que mesmo indicada, era teima de muitos ao estacionarem assim. Porém, a polícia em ronda deixava um bilhete contundente, lembrando a obrigação de obediência à sinalização. Foram em frente.

Ao chegar no canal da barra, o visual não era dos mais empolgantes. Apesar da belíssima pintura que aquele braço líquido fazia, contrastava com as ruas estreitas e as casas malcuidadas. Mas até que enfim chegaram à orla. Lotada, sem locais públicos de estacionamento, o que obrigou a alugar uma vaga em um estacionamento particular. Até aí tudo bem, faz parte. Foram à areia e brigaram até achar um local onde pudessem desfrutar da terapia marítima. E só conseguiram porque se acomodaram em cadeiras de um barzinho à beira mar que reservava esses acentos a quem consumisse no estabelecimento. Não deveria, mas também faz parte. As crianças amaram, apesar de lotada, o mar estava tranquilo e ideal para brincadeiras inocentes e relaxamento terapêutico. Mas a volta para casa, um sacrilégio a toda a descontração de minutos antes. Fila, fila, fila e mais fila. Acabando com a paciência e o clima "zen" que outrora se contraíram. A exagerada demora juntamente à areia grudada ao corpo, o gosto salobre misturado ao suor, o cansaço das brincadeiras, fizeram das crianças um poço de ansiedade e impertinência. Resumo, foi mais de uma hora de tortura alucinante. Realmente uma experiência totalmente antagônica, primeiro a beleza e a descontração naturais, depois o antídoto a toda essa benfeitora, o estresse na volta.

Ufa, essa experiência se foi. Mas como dizem nos campos em cima da serra, não tá morto quem peleia. Mais uma tentativa, dessa vez o destino escolhido foi a Praia dos Ingleses.

Uma viagem, para quem não estava acostumado. O percurso de quase 30 km foi tranquilo. A rodovia estava livre, afinal já passara a alta temporada, com sua pista duplicada não levou 30 minutos para chegar ao bairro. Andando atrás de um local para estacionar, a turma passou da Praia de Ingleses, chegando no Santinho. Local maravilhoso. Ampla faixa de areia, com águas claras e bem límpidas. Dava para ver os cardumes de pequeníssimos peixes que vinham arriscar-se nas rasas águas. Perto havia um costão onde se formavam pequenas banheiras naturais. As crianças adoraram. O casal também. Foi um dia maravilhoso. Almoço em um quiosque à beira da praia, picolé sentado na areia, e muito banho, pular onda, mergulhar e tudo mais que tinha direito. Um dia perfeito, não fosse o jeito matuto do pai, que se esqueceu de se proteger contra os efeitos solares e, como dizem por aí, pegou um torrão que dava dó. Enfim, coisas que acontecem nas melhores famílias, que depois viraram motivos de muitas gargalhadas.

E, assim, a vida ia se ajeitando na capital.

A mãe buscava no artesanato e nos cuidados da casa o preenchimento do vazio de seu consultório, embora mantivesse alguns pacientes em consultas quinzenais, já não era a mesma rotina. Mas a vida é assim, cheia de renúncias e desafios. E a grande prova de altruísmo foi nunca haver cobrado a mudança. Grandeza de espírito, humildade e companheirismo que demonstram uma alma iluminada.

Entretanto, também recebiam visitas ocasionais dos amigos e parentes. E foram passagens muito peculiares e amabilíssimas, coisa de família mesmo.

Certa feita, no aniversário do filho, o mais velho, dia 2 de setembro, era prometida uma festa surpresa em Lages. Isso pedido do próprio aniversariante. Só que, em tramoia familiar, às escondidas do menino, armou-se uma surpresa inusitada. Com a desculpa dos afazeres e reuniões do pai, fora informado ao filho que seria impossível subir a serra. A decepção saltou aos olhos. Macambúzio, recolheu-se ao quarto fechando-se no jogo de seu smartphone, segurando a lágrima que quase denunciava sua total frustração. No seu dia, em que completava 11 anos, passaria feliz em família, mas não plenamente satisfeito, pois faltava algo.

Não sabia ele que já estava arquitetado com alguns familiares que tinham disponibilidade de virem a Florianópolis na sexta-feira, no dia natalício do primogênito. E assim se sucedeu. No dia marcado, o pai inventara uma reunião após o expediente, dizendo-lhe que ao término do compromisso se dirigiria o mais célere possível para casa, com a promessa de irem juntos a uma pizzaria comemorar a data tão importante. O pai ficou esperando a comitiva de dois veículos, que juntos somavam 11 pessoas, em um ponto marcado na chegada da ilha. Saíram do ponto de encontro passado das 18h.

Quarenta minutos mais tarde, já estavam chegando ao condomínio. Entraram diretamente para o salão de festas e o decoraram. Alguns balões, uns chapéus de aniversário para um toque nostálgico, afinal na pré-adolescência não cabe mais esse adorno. Já estava à espera, salgadinhos e docinhos típicos, e não podia faltar o bolo. Luz apagada, foi dado o sinal, via WhatsApp, de que estava tudo pronto. A mãe, dissimulada pela circunstância, disse ao menino que o pai iria encontrá-los no shopping. Iriam somente os três. Desceram pelo elevador, o clima não era dos melhores, isso para ele que não sabia do combinado.

Antes de irem ao carro, a mãe disfarçadamente disse ao menino que havia chegado uma encomenda, e que precisaria passar no salão de festas para pegá-la. Foram em direção ao local onde estavam todos à espera do garoto para surpreendê-lo, e mostrar o quanto ele era importante para todos. Um semblante na porta de vidro denunciava que já estava perto do momento esperado, todos em atenção redobrada. De repente a porta se abre, o guri entra. Nesse instante, como em um conto de fadas, ou melhor, como em uma série do momento, tipo Netflix, para combinar com adolescência do momento, explode o vozerio em um contundente "parabéns pra você", iluminado por velas sobre o charmoso bolo.

Paralisante, o garoto perdeu o foco, não conseguia firmar o olhar em local algum, suas bochechas enrubesceram. Ficou atônito por instantes, até iniciar o movimento facial que ensaiava um disfarçado sorriso. Sua expressão espantada mostrava que o plano dera certo, foi uma surpresa. Parecia que ele volitava naquele ambiente, tamanha sua alegria de ver ali, num local inesperado, seus nonos, seus dindos, seus tios e primos. Embora fosse uma pequena participação da família, valia pelo extraordinário regalo. E a festa continuou. Abraços, beijos, cumprimentos, risadas, muitas risadas, uma alegria só. Mas não acabou por aí, outra parte legal e engraçada foi hospedar as 11 pessoas e mais os quatro anfitriões naquele lar. Foi muito inusitado, foi muito improvisado, mas foi tudo muito lindo. Lindo no sentido de felicidade, de alegria e satisfação de poder reunir, acolher e sentir-se acolhido. No sentido de ser família.

Foram várias histórias, dentro de outras histórias. E a vida seguia seu fluxo, e nessa família, sempre o amor, a compreensão e o diálogo como ferramentas de bem-estar mental. Claro que nem sempre é fácil, mas sem esforço a vitória não tem méritos. O importante é seguir firmes, unidos, dividindo alegrias e tristezas, rindo e chorando juntos, sempre juntos, mesmo que instantes de birra, mal-entendidos afastem momentaneamente, as ferramentas entram em cena e tudo fica às claras e a harmonia se repõe. Acho que mesmo sem saber a teoria de Rubem Alves, essa família já buscava educação dos sentidos.

Temos duas caixas em nossas vidas, uma, que está na mão direita, é a de ferramentas. Ali guardamos tudo que o que nossa inteligência desenvolveu para suprir a incapacidade corporal. Instrumentos e ferramentas que nos auxiliam no dia a dia, como facas, redes, flechas etc. Ali guardamos o que aprendemos a usar desde a infância de nossos pais, sapatos, talheres, canetas, pratos e por aí vai. Entretanto esse estoque é renovado sempre, à medida que uma ferramenta passa a ser obsoleta, ela é retirada da caixa e substituída por algo mais útil naquela altura. Todavia, o grande questionamento para pais e educadores era se estávamos ensinando a nossos filhos a pensarem o porquê disso, o pensamento nos conduz ao desconhecido, e nos ajuda a enfrentá-lo com mais altivez e sabedoria, nos ensina a rever nossa caixa de ferramentas.

Já do lado esquerdo, está a caixa de brinquedos, não coincidentemente o grande mestre a metaforizou do mesmo lado do coração. Nessa caixa colocamos o que não nos tem utilidade prática, poderíamos dizer, coisas inúteis em uma rasa e imediata análise. De que nos serve a música de que mais gostamos? Na prática? De nada nos adianta, pois com ela, a música, não conseguimos estender nossa capacidade corporal, não conseguimos levantar algo com ela, tampouco cortar um alimento tão necessário, por exemplo. No entanto, não vivemos sem ela. Aqui está o pulo do gato, saber reconhecer a importância da inutilidade e correspondê-la à utilidade. Coisa de filósofo!

Nem tanto assim, ou será que sim? Afinal de contas filosofamos todos os dias, dando o nome que quiser a isso.

Pois bem, retomando o foco da ideia, é que na vida tudo tem dois lados, o lado negro e o branco da força, o Yin e o Yang, o bem e o mal. Da mesma forma nossas caixas formam essa dicotomia e se completam. Tudo que pensamos, sonhamos, tentamos traduzir em ferramentas para dar vida às nossas quimeras. E nessa complementação crescemos ainda mais se soubermos dar valor à inutilidade, e vê-la com outros olhos. Somos serem emocionais, somos sentimento puro. Tudo, digo tudo mesmo, em nossa vida vai transformar-se em sentimento. Aquele carro de último tipo, top de linha, que adquiriu após muitos anos de trabalho e um carnê que mais parece um Aurélio, só me é válido porque se transfigura no desejo realizado, ou seja, na satisfação de poder ter comprado. Fora isso, poderia ter sido um modelo bem mais em conta, ou ficar utilizando o Uber ou taxi para meus deslocamentos, mas não, o desejo, o eros de Platão é o meu objetivo. Logo, somos o que sentimos.

Quando pensamos na caixa de brinquedos, agimos com os sentidos, aprimoramos a arte de Ver e Ouvir, o do tato, do sentir, que são muito mais complexas do que a maioria de nós imagina, ainda mais em tempos de relações líquidas, como diria Baumann. Vivemos as emoções e sentimentos construtivos de nossa humanidade, remetendo as ferramentas a um amparo de nossas limitações, sem que sejamos escravos da simples praticidade.

E foi assim que a vida daquela família buscava edificar-se, admirando a inutilidade das flores, de uma boa música, admirar e respeitar a natureza, sabendo que algo superior nos brindava com a capacidade, única entre os animais, de reconhecer e contemplar a inutilidade das coisas. Viver intensamente os sentimentos, não preocupados com o que ia dar, mas, sim, em serem verdadeiros, autênticos e humanos. Simples assim.

Capítulo 4

O SINAL

Como se forma um bom marinheiro em um mar tranquilo?

Fácil é quando nada sai do controle, quando temos a falsa impressão de sermos deuses de nossas vidas. Singela utopia. Somos sim um recado do universo nos lembrando a cada instante de que há algo acima de nós, que os desígnios de nossos caminhos são fruto de nosso livre arbítrio. Aí está a grandeza de um Deus justo, sincero e educador. Nem sempre o mar tranquilo traz crescimento, é preciso as turbulências para sabermos que somos capazes, aprendermos a superar e a curar máculas que podem nos acompanhar por muitas existências. Depende do modo como encaramos a tempestade.

Era inverno, férias escolares. Lages, é claro. Temperatura agradável naquela noite, algo em torno dos 10 °C, normal para essa época do ano, no mês de julho. Protegidas do frio da noite, abrigadas sob o grosso edredom, com estampa floral, para lembrar as rosas que esperavam a primavera para desabrochar. Na ausência do pai que ficara, em função do trabalho, no litoral, mãe e filha brincavam e conversavam alegremente tentando espantar o frio. O menino estava na casa de seus dindos, aproveitando o descanso e a tentativa de esquecer as mudanças, brincar, jogar e conversar com os primos, que carinhosamente chamava de manos, fazendo o atravessar das mudanças mais ameno. Pelo menos naquele mês a vida era novamente a mesma.

Entre reviravoltas travessas sobre as cobertas aconchegantes, eis que o cansaço chega. A mãe levanta-se rapidamente para desligar a luz. Em um ato involuntário, bate o seio direito na porta do roupeiro que estava entreaberta. Diante do espasmo de dor e do grito relativamente alto da mãe, a filha põe-se a chorar assustada. Passado rápidos instantes, ainda com dores, a mãe consola sua cria, instigando-a findar o choro.

— Calma, filhinha! Eu bati sem querer, mas doeu! Por isso foi o grito da mãe!

Abraçaram-se longamente! Seguido de um beijo afetuoso, recostaram suas cabeças sobre os travesseiros e dormiram lado a lado.

Mas férias acabam. E por certo essas também. Fim de julho já estavam na labuta. O pai no gabinete, a mãe com seus artesanatos, e as crianças ao martírio das aulas. Martírio não por suas rebeldias de não gostar de estudar e socializar, mas pelo suplício que estava sendo essa nova realidade. De certo que era ainda pouco tempo, e como dizem, o tempo cura tudo.

De fato, o tempo é um excelente remédio. Não há mal que ele não cure, mas sempre há de ficar uma cicatriz, esse é o problema. E essa marca, se não bem cicatrizada, teima em se apresentar em momentos de tensão e angústias. E aqui se apresenta um segredo para uma plena saúde, pois a mente nos prega peças, teima em ancorar suas lembranças em cenas e episódios traumáticos, revivendo essas lembranças ruins. Por isso precisamos nos reinventar e saber lidar a cada situação que nos machuque. Lembra-se do diálogo anterior? Ele não vale somente aos outros, mas principalmente para nosso feedback diário. Devemos ser sinceros, honestos e transparentes, primeiro com nosso eu, pois só assim seremos verdadeiros com nossos afetos e desafetos. E somente com essa conversa é que resolveremos essas questões que deixarão de ser uma triste história e passarão a estrelar como uma grande lição em nossas vidas. É necessário nos perdoarmos, isso nos dá consciência de que somos seres errantes, que falhamos. Isso é viver. No entanto, deixamos pedaços de vida e perdemos muito tempo, e não raras vezes pessoas perdem a vida toda, remoendo e vivendo cenas toscas e passadas. É um resumo bem grosseiro, mas me valerei dele: quem vive de passado é museu! Nós devemos aprender, a prevenir e reinventar a partir do passado, vivê-lo não. Para começar, você não vive o passado, apenas transforma seu presente num tormento parecido com algo que já teve o desgosto de experimentar.

E aqui começa o desafio. O primeiro sinal de que tudo mudaria.

Após sua higiene diária, após um longo e demorado banho, a mãe sente uma fisgada em sua mama direita, aquela que bateu nas férias de julho. Ficou receosa. Mas não seria nada. Em abril, falando de três meses atrás, uma bem-sucedida mamografia lhe aliviara o pensamento. Veja bem, a mamografia tem como objetivo rastrear o câncer de mama, e detectá-lo precocemente, mesmo antes da possível identificação clínica da doença. Como não havia nenhum caso na família, estava na faixa etária recomendada, periodicamente se consultava com sua ginecologista, um resultado desse tipo dissipava qualquer preocupação. É vida que segue, e sem preocupação. Ou quase sem.

Rotina estabelecida. Mas aquela fisgada teimava em ser lembrada. Ocasionalmente recorria o desconforto, que abriu um canal de preocupação íntima. Ainda podia ser coisa de sua cabeça. E aqui morava o perigo. Apesar de ser recomendadíssima, a mamografia pode incorrer em falsos negativos, ou seja, o exame não detecta a doença e ainda traz à paciente um certo relaxamento com os exames complementares, como o autoexame. Para que me preocupar se deu tudo certo?

A periodicidade recomendada do exame não exaure os cuidados. O autoexame deve ser uma constante na vida da mulher, pois poderá salvar-lhe a vida. E foi assim que continuou nossa história.

O autoexame mais atencioso passou a ser a prática de nossa heroína. E apesar de não achar todos os sintomas do câncer, pele avermelhada e tipo casca de laranja, alterações no mamilo, saída de líquido anormal das mamas, anormalidades nas axilas e pescoço, um sinal tocou a campainha da desconfiança. Um pequeno carocinho se fazia sentir na mama direita. Novamente veio a mamografia 100% favorável.

Por sorte, bem, acho que sorte não é bem a palavra, talvez inconformismo. Também não. Huumm, esclarecimento, pronto, talvez seja isso. Vivemos na era da informação, em que temos acesso a um universo infinito de dados e conhecimentos. Está tudo ali, na palma de sua mão, "Dr. Google" sabe tudo. Mas diante dessa enxurrada binária de conceitos, histórias e estórias, vem à mente parte do título de livro do filósofo Mário Sérgio Cortella em parceria com Gilberto Dimenstein, *O que importa é saber o que importa*. Ou seja, as informações brotam das entranhas da rede, é como uma erupção de dar inveja ao Vesúvio, isso tudo ao leve toque em uma tecla. Mas agora o que importa é saber filtrar, não se iludir, ter a mente livre para raciocinar e ponderar cada post, cada notícia, cada comentário, para no fim ter uma noção do que é real e o que é fake. A grande diferença está em saber o que importa saber, o que nos vai ser útil, ou, voltando a Rubem Alves, o que nos é inútil. Sempre com os pés no chão, com espírito crítico e sabedoria, sentindo, vendo e ouvindo no mais profundo significado que esses verbos possam ganhar. E ela sentiu que não estava certo.

Consegui marcar uma consulta em sua ginecologista para a mesma data das idas combinadas para Querência. Foi. Exame de ultrassonografia das mamas. Nessa altura o tal carocinho não era mais tão "inho" assim, era bem sentido ao toque. E o pior, a fisgada tornou-se crônica em forma de dor. Epa, isso não está certo. Concordam paciente e médica. Marcado com certa urgência, para aproveitar a estadia na serra, procedeu com o exame. Resultado em mãos, mas sempre lhe vinha à mente a bendita mamografia. Foi apresentar à doutora.

— Veja bem, temos um cisto e dois nódulos pequenos. Não havemos de nos preocupar agora. Vamos monitorando. Seria recomendado tomar vitamina E, que vai fazer o quadro regredir – disse agradavelmente, como de costume, a doutora.

Pronto, a mamografia estava certa. Coisa de sua cabeça. Ignorância pura. Será?

Vitamina E é um antioxidante prescrito principalmente, com relação ao caso, para a displasia malária, que nada mais é do que uma alteração nos seios relacionada, de forma sintética, à questão hormonal. A maioria absoluta dos casos de displasia é benigna, possível de ser tratada com vitamina E.

Estava no caminho certo, acaso o caso fosse o caso.

Paronomásia à parte, emergiu das lembranças um post no Facebook que parece trazer uma reflexão ao caso. Dizia a mídia digital: "Novo estudo 'prova' que paraquedas não salvam a vida das pessoas saltando de aviões".

RI-DÍ-CU-LO! Você pode pensar apressadamente considerando o título do artigo. Entretanto, trata-se de uma crítica inteligente à forma subserviente que vemos e tratamos a estatística. Se nós dois temos dez balas, eu pego todas e você fica a ver navios, não se desespere, pois em média cada um tem cinco. E no editorial em voga, alertava já no preâmbulo para ler o artigo até o fim.

Pois bem, o resultado do experimento estava baseado na análise do teste em 23 pessoas, em que a metade pulou do avião com paraquedas e o restante sem o equipamento. Nenhuma morte. Conclusão: o paraquedas é ineficiente e ineficaz. Somente após esse relato, alertavam os autores: "como é difícil encontrar pessoas dispostas a pular de aviões a milhares de metros de altitude, movimentando-se a centenas de quilômetros por hora, eles testaram o uso ou não dos paraquedas em pessoas que caíram apenas alguns metros em direção ao solo, quando o avião estava estacionado". Lembram-se da conta das balas acima?

Isso é um alerta sobre a forma como usamos ou dispensamos nossos paraquedas. Muitas vezes, estudos, métodos e tratamentos consolidados, e mesmo a fatídica rotina, escorada em distraídas estatísticas, podem dispensar alguns cuidados. Por isso sempre há uma esperança, e sempre se deve olhar por outro prisma. Atenção é a palavra-chave. Somos seres biológicos, a matemática pode nos pregar peças se não estivemos atentos.

E graças à atenção ao seu corpo e por não ter medo de duvidar, foi além. Marcou uma consulta com um especialista, mastologista radicado em Florianópolis. Como não conhecia e não tinha referência alguma, foi escolhido a esmo, baseado na disponibilidade de atender pelo plano de saúde e pela proximidade da consulta. Afinal, era apenas um tira-teima. No dia da consulta, dirigiu-se ao centro da cidade de posse da mamografia e da última ultrassonografia. Atendimento frio e distante, causou-lhe uma má impressão. Após um rapidíssimo exame, superficial ao ponto de quase não haver interação médico-paciente, o veredito.

— É apenas um cisto e um nódulo, mas com a vitamina E vai regredir e passar a dor – seco e insensível, disse o jovem doutor.

Voltar para casa e tocar a vida, e torcer para o diagnóstico estar correto. E assim fez.

Nem tanto, pois a dor porfiava em não calar. Aquilo estava tão incômodo. Primeiro, por passar por duas opiniões causava-lhe o desconforto de desconfiar dos diagnósticos, surgindo a dúvida de que fosse apenas algo irreal, algo fantasiado por seus medos. Aliás, medos que não eram somente seus, a possibilidade de algo mais grave, ou mesmo a impronunciável palavra câncer, concebe no imaginário de muitas pessoas um tabu tremendo, ao ponto de negá-lo. Perigoso. Duplamente perigoso, pelo seu potencial em si e pela negação que significa perda de tempo. Segundo porque a dor e o autoexame alterado eram tão reais.

Não satisfeita, buscou mais um ponto de vista.

Aproxima-se do Dia da Pátria. Para a alegria da família cairá em uma sexta-feira, o que significava um feriado prolongado, que significava subir a serra. Consulta marcada para quarta-feira, único dia disponível. Não perdeu a oportunidade. As crianças faltariam na aula, afinal não seria um sacrifício para elas, pelo contrário, adoraram a ideia, e as faltas já estavam contabilizadas no jogo, era uma conta considerada para minimizar o estresse de adaptação. O pai, porém, compromissado com serviço, não poderia ir, somente após o desfile cívico, ou seja, na sexta-feira após o meio-dia. Mas ponderaram juntos, como era de praxe naquele lar, que ela deveria seguir na quarta-feira. Como de fato foi.

A alegria ao passar o posto da PRF na localidade de índios saltava aos olhos, indicava que estava próximo o final da jornada automobilística. Quando deixaram a BR 282, passando por baixo do viaduto, ingressando na rua lateral, então, praticamente já estavam em casa. Fato confirmado, sentido pelos solavancos da rua de paralelepípedos e pelo escutar do ruído do portão abrindo tendo as torres de iluminação do estádio municipal de fundo. A viagem transcorreu normalmente, não era sempre que viajava dirigindo o tempo todo, mas tivera um bom professor. Cuidado e atenção guiavam a responsabilidade de compartilhar as estradas.

Descarregar as bagagens, que no litoral era um tormento, ali era uma diversão. O lindo e companheiro João-de-Barro parecia um caseiro à espera dos patrões, montando guarda no gramado, não se assustava com o movimento. Sobe escada, desce escada, abre porta, fecha porta, um verdadeiro "tour" pela casa, como se cada cômodo, cada móvel, cada objeto decorativo lhes dessem boas-vindas e agradecessem pela vitalidade restituída naquela moradia. Como é bom.

Descansaram. Foi uma noite bem dormida, mesmo com o fantasma que rodeava. Embora assustador, ficou recolhido à sua coadjuvância ante o momento de alegria.

No dia seguinte, combinou com sua irmã a ida ao consultório do mastologista. As crianças ficaram com os primos, que eram, e sempre serão, como seus irmãos. Dirigindo, apesar do desconforto que aumentava gradativamente, chegaram ao local. Por coincidência, santa coincidência, o doutor lembrou-se dela, pois fora o mesmo que fez o último exame de imagens, a ultrassonografia.

Sabe a diferença entre a água e o vinho? Não é assim que dizem por aí?

Essa foi a impressão do atendimento médico recebido naquela ocasião comparado com o frio encontro de Florianópolis. Atenção, respeito e humildade transmitiram a ela a certeza de que agora tudo seria esclarecido. Torcia para que fosse somente uma impressão meticulosa de sua mente assustada pela dor e possibilidade de mais dores. Cauteloso, solicitou mais um exame ultrassonográfico. Que foi feito a seguir.

Analisadas as imagens, veio o golpe. Primeiro como um leve "jab", mas como tal atingiu frontalmente sua expectativa. Havia um cisto, que é uma formação benigna e geralmente apresenta líquido em seu interior. Pode ser que essa alteração não cause nenhum desconforto, dispensando assim ações mais invasivas. No entanto, em alguns casos ele pode vir a ocasionar dores e desconforto, sendo necessário o seu esvaziamento.

Bingo! Dor e desconforto! Prescrição, uma punção aspirativa com agulha leve para drenagem do líquido. Procedimento ambulatorial, com anestesia local, sem maiores complicações. Após o procedimento, apenas analgésicos até passar a dor do procedimento. Normal, tranquilo, pois cisto não é câncer.

Então o segundo golpe, este veio como um "uppercut" que deu inveja a Mike Tyson. Atingiu em cheio nossa protagonista, deixando-a atordoada, cabreira, quase foi à lona. Existiam mais dois nódulos, que não eram cistos, logo não poderiam ser "esvaziados" e necessitariam de análise mais profunda, inclusive lançando mão de outra técnica de diagnóstico, a sinistra biópsia. Biópsia? Sinal vermelho! Se necessita uma análise patológica, é tumor! Restaria saber se benigno ou maligno. Maligno? Câncer?! Golpe certeiro! Não fosse a determinação, a fé que leva ao inconformismo de estar tudo resolvido e acende aquela luz no fim do túnel, com toda certeza estaria estendida no ringue, com a toalha repousando ao seu lado. Mas não era o fim da luta.

Realizada a aspiração do cisto. E confirmado que os nódulos eram rígidos. Marcou-se a biópsia. Aproveitando o mesmo deslocamento, e com a ajuda do médico, o procedimento poderia ser realizado na segunda-feira próxima, logo, antes do retorno à capital. Um alento, pois pouparia mais uma viagem, mas acima de tudo, seria logo. Tempo é dinheiro, ops, nesse caso, tempo é vida!

Na véspera do exame, uma nuvem cinzenta pairava sobre sua cabeça. O espectro assustador da dúvida rondava seus pensamentos. Com o local ainda arroxeado, resultado da aspiração do cisto, analisava seu seio frente ao espelho, buscando entender o que estava acontecendo. Mostrava o quanto havia crescido o dito nódulo, e a dor que não esvaziará com o cisto. Resistente, não no sentido de oposição, mas tentando ser forte, manter-se como esteio inabalável do seu núcleo familiar, o pai confortava que seria apenas praxe. Que o resultado seria inócuo, no máximo seria um inofensivo grânulo. Afinal 80% dos tumores mamários palpáveis são alterações benignas. Embora essa argumentação não afastasse o medo, mesmo porque ninguém estava sentindo o que ela estava, alentava os pensamentos. Era uma possibilidade.

Acompanhada do esposo, que ajustou sua agenda, informou o gabinete que compensaria posteriormente as horas de ausência ao trabalho. Aliás, horas labutadas a mais não lhe faltavam. Chegaram cedo na clínica. Aguardaram alguns instantes até a chegada do médico.

— Podem entrar — disse a secretária da clínica.

Chegando ao local do exame, após passarem por um corredor largo, a pequena sala à direita indicava o palco das próximas cenas de suas vidas. Seria drama, uma tragédia, mas também poderia transformar-se em um lindo musical. Maca à sua frente, recoberta por pseudo lençol de papel na cor branca. Uma tela afixada na parede aos pés do catre, a uma altura que possibilitasse o acompanhamento do exame pelo paciente. No lado direito uma sofisticada máquina, composta por tela, teclados e uma série de instrumentos utilizados para a captação das imagens. Compunha o ambiente um pequeno lavatório que servia também de vestiário, assim pacientes poderiam se aprontar para o exame de forma mais reservada e ética.

O procedimento era uma biópsia ambulatorial utilizando uma agulha bem grossa. Quando viram o calibre e o tamanho da agulha, ficaram estarrecidos. Imaginaram aquelas pessoas que para uma simples vacina ficam suando frio, parando o procedimento no momento da picada, dizendo "espera aí, doutor!", se eles vissem aquela agulha infartariam na hora. Esse instrumento era introduzido no seio, após a anestesia local, e guiado pelas imagens geradas pelo ultrassom, alcançava o nódulo. Nesse instante o médico aciona um dispositivo na extremidade da agulha que estava em sua mão, e um estalido forte, lembrava um grampeador de papel sendo acionado com toda a força, indicava que o mecanismo fora disparado e a agulha guia havia cortado e segurado um pedaço do tumor. Tudo bem explicadinho pelo doutor, que com seu olhar acolhedor, um sorriso tímido no canto da boca, passava confiança ao casal.

Essa metodologia repetiu-se por quatro vezes, duas para cada módulo. Durante todo o procedimento, nossa paciente ficou em decúbito dorsal, com o braço direito flexionado de modo a ficar com a palma da mão sob a cabeça. Em nenhum momento encorajou-se a olhar no monitor que denunciava todos os movimentos que invadiam seu corpo. Realmente é desagradável para quem assiste aquela metodologia, imagino para quem tem violado seu corpo daquela forma, ainda sendo subtraído um pedaço de seu interior. Acho que também não fitaria meus olhos na tela, fecharia os olhos esperando o findar daquilo.

Acabou. Receituário de analgésicos na mão. Recipientes com material coletado prontos para serem levados ao laboratório. Entregues ao caminho de casa, estavam prontos para rumar à capital. Já haviam recebido a autorização do doutor para a viagem. O resultado estaria previsto para sair na próxima quarta-feira. Disse o doutor:

— Espero vocês na quarta-feira para analisarmos o resultado? – sempre com uma calma angelical, indagou o doutor.

— Doutor, ficaria inviável retornarmos na quarta-feira, meu marido precisa estar em Florianópolis e as crianças não podem perder mais esses dias de aula! Não poderíamos nos falar por telefone? – indaga a apreensiva paciente.

— Pois bem. Não costumo proceder dessa forma, gosto de falar e explicar o resultado olhando para o paciente, afinal é um momento sensível. Mas diante da situação, e me parece que você é uma pessoa bastante esclarecida e bem equilibrada, agiremos assim – com compreensão, humanidade e com aquele mesmo olhar terno e o sorriso tímido no canto da boca, sentenciou o afável doutor.

Viajaram.

Capítulo 5

O TELEFONEMA

Escola, casa, escritório, artesanato. A rotina continuava, não a mesma, sempre com resquício de dúvida, uma preocupação que martelava em suas mentes. Os dias foram maiores. Algo inexplicável sentenciava que algo estranho estava para acontecer.

Dezessete horas, final do expediente. O pai dirigia-se para casa, enfrentando, como de costume, o complicado trânsito de Florianópolis. A Avenida Mauro Ramos, que atravessa de ponta a ponta, aquele dia lhe parecia aumentada em alguns quilômetros. Todos os veículos estavam mais lentos, e toda a cidade pareceria estar transitando naquele local. Não foi diferente na Beira-mar norte, que apesar do alívio da fluidez insignificantemente melhor, representava que o tempo voltaria ao seu ritmo normal. Assim foi durante todo o percurso até deixar a rua e adentrar o condomínio.

Apressadamente estacionou o carro, acessou o hall de entrada. O elevador estava no quinto andar quando acionou o botão. Parecia que tudo conspirava para atrasar sua chegada em casa. Ao girar a chave e acionar a maçaneta empurrando a porta para abri-la, jogou sua bolsa sobre a mesa e correu em direção da esposa indagando:

— Boa tarde, meu amor! – disse ofegante e roubando-lhe um beijo na sequência – Alguma notícia?

— Ainda não! – ainda mais ansiosa, respondeu a mulher.

Em seguida relatou-lhe o quão difícil teria sido o dia. Um verdadeiro calvário. A cada estalo, a cada barulhinho, instintivamente buscava o aparelho celular à espera de uma ligação. Não conseguira focar em nada naquele dia. Fazer o almoço foi uma eternidade. Nem mesmo a bagunça das crianças fechadas com brigas e discussões, comuns entre irmãos, foi capaz de chamar sua atenção. O alerta era sobre o celular.

— Será que não saiu o laudo? – o pai retomou o assunto.

— Pois é! Essa agonia está me sufocando! – não disfarçando a ansiedade agonizante, respondeu a mãe.

Tentavam retornar à rotina para dissipar seu flagelo, em vão. Nada, absolutamente nada os fazia retomar a normalidade. Nem mesmo o longo e demorado banho foi capaz de lavar suas inquietudes. Quanto mais água tocava sua cabeça, ao fluxo máximo do chuveiro descia ligeiramente pelo corpo untado pelo sabonete, friccionado rapidamente, com o intuito de metaforizar a lubrificação do sofrimento, na esperança de que este escorresse pelo ralo misturado à água servida. Não obtiveram resultado.

Já estavam asseados e sentados sobre a cama lançavam mão de mais uma estratégia para reconfortar suas mentes alvoroças. Assistiam à televisão. Sim, a televisão, o aparelho! Pois a programação não passa de um amontoado de pixels. Nem sequer sabiam em qual canal estava sintonizado.

De repente o fim da aflição. O tocar de Elvis Presley chamou atenção de todos e ambos fixam o olhar no aparelho, que estava sobre o leito. Apesar da vontade de cessar a dúvida, acabar com a ansiedade, o medo parecia impedir de atender a chamada. Levar o braço, posicionar a mão e apertar o botão, transcorreu em uma eternidade, ainda mais olhando para o escrito na tela: Dr. Fernando. Parecia que estavam sob ação de algum algoritmo mágico que fazia se moverem em câmera lenta. Mas mesmo em *slow motion*, o movimento acontece e chega ao fim.

— Pronto! Boa noite, doutor! – automaticamente disse a mãe.

— Boa noite! – replicou o médico.

Parecia que agora um nó cismava em aparecer na garganta. Um nó de aboço que unia a curiosidade e o receio de saber o resultado do exame, impedindo o pensamento de se transformar em fonemas. Um engolir seco desfez o imbróglio, e saltou de sua garganta a famigerada pergunta:

— O resultado? Está pronto? Saiu, doutor?

Silêncio sepulcral. Há algo de podre no reino da Dinamarca, parafraseando Hamlet.

De certo, apesar de ser muitíssimo breve, aquele silêncio do médico já prenunciou um resultado apavorador. Talvez não tenha nem sido o tempo sem sons, afinal foi apenas perceptível no imaginário deles, mas, sim, uma pré-defesa de algo negativo que poderia acontecer.

— Estou fora de Lages, em São Paulo. Acabei de receber o exame! – iniciou calmamente o doutor. — Como conversamos no consultório, esta seria uma conversa para termos lá, nos olhando, pessoalmente. Assim as dúvidas seriam mais fáceis de serem esclarecidas e as percepções mais sensíveis – dizendo isso, o doutor adiantou o veredito. — Mas como combinamos, e como vocês são pessoas esclarecidas, vamos prosseguir – com um tom ético e humano preparava a paciente. — O resultado não foi que esperávamos, ele apontou para... para uma neoplasia maligna... – dizia o médico da forma mais amena possível.

Entretanto, ouviam atentamente quando ao final da palavra maligna o diálogo silenciou gradativamente, igual ao final das faixas musicais nos velhos LPs. Estavam em transe. Apesar de o aparelho estar no modo de viva voz, nenhum do casal escutava mais nada, paralisados dos pés à cabeça. Ambos se entreolhavam atordoados. Isoladamente seus pensamentos convergiam.

— Não pode estar acontecendo conosco! Escutamos mal, deve ter sido engano!

Parecia que transcenderam a outra dimensão, um lugar onde o tempo ciclava em outro ritmo. Parecia que aquele estado latente se perpetuaria. Quando um ciciar ao longe, aos poucos, foi trazendo-os de volta à realidade.

— Maria Micheli, está ouvindo? – preocupado o doutor interveio pelo telefone.

Aquele som, aquela voz conhecida, foi como um balde de água fria, que despertou uma enxurrada de emoções, que tiveram que ser contidas para que o diálogo continuasse.

— Desculpa, doutor! Estou ouvindo sim! – responde assustada pela breve viagem que durou uma infinidade de tempo.

— Como lhe disse, trata-se de um tumor maligno. É um câncer, mas tem tratamento e tem cura. Você precisa ser forte, e acreditar no tratamento, estarei sempre ao seu lado para te ajudar! – da melhor forma que encontrou, o médico tentou passar possibilidade e esperança.

Nessa altura, a adrenalina reverberava por todo o seu corpo. Um temporal de emoções transcorria cada pedacinho de seu ser, desabando em sua mente atormentada pelo fantasma que agora se materializava em forma de diagnóstico.

— Tudo bem, doutor, vamos em frente! Vamos encarar de frente a doença! – com a voz embargada e os olhos marejados, tentava ser forte.

— Tomei a liberdade e consegui um horário amanhã com nosso oncologista. Posso confirmar? – eficientemente propusera o médico.

— Mas amanhã? Estamos em Florianópolis, as crianças têm aula e meu marido trabalha! – titubeou a paciente.

Nesse instante, o pai interrompeu o diálogo:

— Doutor, pode confirmar a consulta! Estaremos lá! – sem sombras de dúvida, sentenciou.

— Que bom! Assim não se perde tempo e vocês ficarão bem assistidos! Estou em São Paulo, mas estou à disposição de vocês! Um abraço e força que venceremos! – despediu-se o doutor, sempre solícito e cortês.

O término da ligação foi a ruptura. O que estava acontecendo? O que vai ser de nós? Câncer, câncer, câncer, palavra que não parava de reverberar no seio da família, trocadilho ingrato.

Estavam sem chão. As informações recebidas eram muito brutais. Apesar de não ter sido afastada a possibilidade, nunca se pensa nisso. É salutar, por um lado, ficar preso a pensamentos negativos não faz sentido, é sofrer por antecedência. E quando se tem a maligna, por propósito uso esse adjetivo, palavra câncer, tudo fica mais difícil. Parece que esse vocábulo está relacionado com a morte em nosso imaginário. Por certo ignoramos o número de pessoas que tiveram a doença e foram curados. Típico de seres humanos. Priorizamos a tragédia ao invés do sucesso, da alegria. Está dentro de nós, ainda mais nós brasileiros. Quando se tem um acidente na rodovia, o policial está fazendo o atendimento e um monte de curiosos param para ver o desastre, e aproximando-se do agente, a primeira verbalização é vomitada:

— Seu guarda, morreu alguém?

Por experiência própria, de quem já ouviu essa pergunta milhares de vezes, posso dizer que em algumas situações, não poucas, havia um certo brilho no olhar, como se ver a desgraça e o infortúnio dos outros fosse contar pontos em suas histórias, como "nossa, eu vi aquele acidente grave em que morreram dois".

Voltando ao nosso caso. Foi um baque indescritível em todo o alicerce da família. Abalou, e abalou fundo, estremecendo da fundação ao telhado. E aquele terremoto todo ainda estava começando, pois não tinham conjecturado, mas suas vidas foram sequestradas. Estavam reféns da doença.

Capítulo 6

SEM CHÃO

Aturdidos ainda, não sabiam muito bem o que estava acontecendo. O medo, a incerteza permeavam cada célula de seus corpos que suavam frio e vertiam lágrimas copiosas brotadas do sentimento mútuo que corria entre um e outro do casal. Claro que a mãe foi a maior atingida, a que tivera, além de sua vida, sua saúde sequestrada por alguma coisa que não sabiam o que era. Apenas imaginavam a crueldade e a frieza que aquele algoz era capaz de exercer durante o tempo de cativeiro. Tiveram muito medo.

— E agora? – perguntava nossa maior vítima.

— Vamos arrumar nossas bagagens e vamos amanhã cedo para Lages! – enfaticamente respondeu o pai.

— E as crianças? Vão perder aulas! E ainda tem seu trabalho, será que não vai prejudicar vocês? – com uma empatia que transcendia sua própria saúde, nossa querida personagem inquiriu.

— Vamos atrás de sua saúde, onde quer que ela esteja! Encontraremos e a recuperaremos! O resto resolveremos depois – firmemente o patriarca manteve a decisão da viagem.

Ainda tinham as crianças. Como explicar algo tão dramático e profundo, algo que mudaria sua rotina, e que teria tempo indeterminado para acabar? Aqueles anjos, que ainda estavam se adotando ao novo mundo, agora teriam um novo desafio, e este com certeza era muito mais complexo e perigoso do que viveram até então. Situação dificílima, pois temos a tendência a proteger a cria, nossos rebentos são a parte mais bonita de nós, pois representam a generosidade divina em nos proporcionar a partilha igualitária de nossos genes para formar um novo ser, que egoisticamente chamamos de nosso. São eles que dão sentido a tudo em nossas vidas. Lembrem-se das discussões com seus pais, não importa sua geração, mas em alguma passagem de suas vidas ouviram após uma teima com nossos progenitores "quando você tiver seus filhos, você me entenderá". Sábias palavras, simples, mas superverdadeiras. Por isso todo o cuidado ao transmitir o que estava acontecendo às crianças.

— Crianças, venham aqui! – o pai chamou os filhos, que estavam distraídos em outro cômodo do apartamento.

Por incrível que pareça, vieram sem um segundo chamado, parece que pressentiam que algo de sério estava acontecendo, pois era comum retraírem os chamados na tentativa de ficaram mais tempo em suas atividades.

— O que, pai? – as crianças perguntaram concomitantemente.

— Precisamos conversar seriamente! Algo muito importante aconteceu e precisamos ser fortes e unidos, mais do que nunca! – com os olhos já invadido por lágrimas pesarosas que eram forçadas a não cair, o pai iniciou.

— Meus filhos, a mãe está doente! Precisamos ir para Lages para uma consulta! E lá o médico dirá à mãe o tratamento necessário – tentou falar escondendo o medo e a dor da notícia.

Entretanto, foi inútil. As lágrimas que escorriam sem continência denunciavam o sentimento triste e pesaroso que vagava pela mente da mãe. Foi impossível amenizar da forma pretendida o entendimento daquele momento de comiseração. As crianças, que eram muito sensíveis e conheciam muito bem seus pais, pois sempre viraram em ambiente transparente, onde as emoções eram expostas e compartilhadas, souberam da gravidade imediatamente. Diante das expressões do casal, os filhos os abraçaram. E juntos formaram um só corpo. Choraram todos, lavaram suas almas machucadas pela possibilidade da perda, com lágrimas honestas que pendiam de suas faces condoídas. Ao mesmo tempo que mostrava a tristeza, aquele gesto representava um pacto profundo. Jamais desistiriam um do outro, estariam juntos alicerçando o caminho da família, seja em momentos difíceis como esse que iniciaria agora, seja em outros mais alegres que, com certeza, sucederiam. Juntos e unidos, era a força de que precisavam.

Enxugaram o pranto, e partiram para arrumar as bagagens para a ida inopinada para Lages. Pega mala aqui, arruma um brinquedo acolá. Não precisa muita coisa, apenas o suficiente para três ou quatro dias.

Às 7 horas da manhã de quinta-feira, já estavam todos embarcados. Cintos de segurança afivelados, faróis acessos, partiu Lages. Viagem de um tiro só. As curvas e subidas da serra pareciam uma pintura realista, pareciam tão surreais, mas na realidade do momento em si pareciam um absurdo. Ao observar, do Alto da Boa Vista, aquele horizonte infinito, barreado no limite da capacidade da visão, remetia à vida que ficara para trás. Não só o local, o físico, mas sua mais íntima construção do ser. Tudo mudaria. Roubaram nossas vidas.

Por volta das 10h já avistavam a cidade de cima do morro dos índios. Foram primeiramente para sua saudosa residência. Descarregaram suas bagagens. Mas não deu tempo para matar a saudade do lar. Aderiram ao convite da irmã e comadre, e foram almoçar em sua residência. Ali ficariam as crianças para o casal poder tranquilamente, se isso fosse possível, ir à consulta agendada para as 14h.

O deslocamento do bairro coral até o centro da cidade, onde se localizava o consultório do oncologista. As ruas moderadamente movimentadas, apesar do horário, representam uma viagem muito maior que aquela realizada pela manhã. Parece que nunca chegavam, e no fundo de seus corações não queriam nunca chegar. Bem que poderiam ficar na praça, em frente ao consultório, sentar-se em um de seus bancos. Olharem para a concha acústica, estrutura pitoresca daquele aprazível lugar, e verem apenas um filme policial, mal narrado e ainda sem graça. E para resolver o sequestro hediondo, bastava levantar-se e ir embora. Mas não era uma obra cinematográfica, uma pena. A consulta deveria ser encarada.

Entraram, estacionaram o veículo no amplo estacionamento. Desceram e de mãos dadas se dirigiram à portaria. A porta automática e o pequeno hall de entrada bem assedado já lhes causaram uma boa impressão. Chegando ao balcão, as simpáticas funcionárias prestaram o primeiro atendimento. E aqui se pode dizer que a primeira impressão é a que fica, foi excelente. A primeira abordagem foi acolhedora, sensível, como deve ser, afinal de contas quem procura aquela clínica está vulnerável, seja pela dúvida ou já pela certeza do diagnóstico.

Após a praxe documental, sentaram-se em uma sala de espera bem aconchegante. As poltronas confortáveis não impediram os olhares desconfiados. Reparavam em tudo a seu redor, não por indiscrição, mas por medo. Pareciam um filhotinho acanhado em seu ninho sem a proteção de seus genitores, olhando com seus olhos arregalados, girando sem cessar a cabeça, cobrindo todos os ângulos. Olhavam atentamente a quantidade de pessoas que aguardavam, eram muitas, de todas as idades, homens e mulheres. Tinham mulheres com lenços na cabeça, cobrindo a cabeça desprovida de cabelos. Homens magros em seus semblantes exaustos, mesmo estando sentados confortavelmente. Nada escapava. E dúvidas ocultas martelavam seus cérebros. Será que ficarei assim? Em quanto tempo? E essa magreza?

— Maria! – uma voz ecoava na sala de espera trazendo-os de volta à realidade, era o doutor a chamar.

Agradavelmente os cumprimentou e pediu para entrarem em seu consultório. Não fosse a acolhida inicial muito afetuosa, pareceria que estavam passando pelo corredor da morte. Dramático, mas o drama e a incerteza eram a única certeza que teriam daqui em diante.

Sentaram-se em frente à mesa do escritório decorado austeramente. Uma mesa simples, que se estendia margeando a parede e sustentava o computador, na cor branca, e a impressa mais ao fundo. A retaguarda está o local de exames clínicos, uma pequena cama com uma certa altura do solo completava o ambiente bem iluminado e arejado. O toque final era dado pela forma atenciosa, humana e sensível com que o médico iniciara a abordagem.

Explicou calmamente que o câncer de mama é o desenvolvimento anormal de algumas células do seio que se multiplicam descontroladamente. Esse descontrole leva ao crescimento das células mamárias, resultando nos sintomas clínicos que se apresentavam. Mas salientou que câncer tem cura, ainda mais quando detectado em sua fase inicial. Mas o tratamento é longo. Primeiro entra a quimioterapia para reduzir a proliferação das células e na tentativa de diminuição do tumor, assim a intervenção cirúrgica será menor. Depois ainda tem a radioterapia. Por fim, dependendo do tipo e subtipo do câncer, é necessária a terapia hormonal.

— Perguntem tudo! Aqui o que não pode é sair com dúvidas! – de forma bem didática e humana, disse o doutor.

Aquela enxurrada de informações dilacerava os ouvidos, penetrando o ser como uma adaga afiada que não tinha dó dos tecidos por onde penetrava sem licença. As dúvidas eram muitas, tipos de câncer. Pensavam que era tudo uma coisa só, câncer de mama é câncer de mama e ponto. Descobriram que não era tão simples esse complicado mal. Perguntaram sobre as possibilidades de cura, que segundo o doutor eram muito boas devido ao estágio inicial. E foram mais algumas indagações até a pergunta que sufocava a mãe:

— E o cabelo, vai cair? – imaginando a resposta, mas sonhando em não a ouvir, ansiosa falou a paciente com os olhos já inundados pelas lágrimas.

— Infelizmente vai cair! – pesaroso respondeu o médico.

Nesse instante, as emoções que transitavam de seu estômago até a garganta não se contiveram e romperam o corpo. Um copioso pranto soluçante fizera desabar a fortaleza que tentava sustentar. Abraçada ao esposo demonstrava seu medo e frustração diante da impotência sobre seu algoz. Apesar das palavras de ânimo que o marido tentava dizer-lhe, nada, absolutamente nada poderia consolá-la naquele momento tão frio, tão sinistro. Gostaria de ser mais forte, mas não conseguia, o choro teimava em lhe roubar a ação. Natural diante de tal situação, mas incompreensível no momento.

— Mas temos uma touca térmica, que esfria a cabeça para tentar evitar a queda dos cabelos. Infelizmente a eficiência não é muito alta, em menos de 20% dos casos os cabelos não cabem. Mas está à sua disposição, você decidirá se usa ou não – tentava amenizar afavelmente, sem deixa de ser sincero, nosso oncologista.

— Pelo menos teremos uma chance, doutor! – tentando buscar alguma ponta de ânimo, disse ela.

— A quimioterapia poderá durar até cinco meses, com uma média de uma aplicação, ou ciclo, por mês! Ela poderá ser aplicada aqui na clínica – continuou explanando o iátrico.

— E os efeitos colaterais? – rapidamente perguntou o cônjuge.

— Hoje em dia, os efeitos indesejáveis, como as náuseas e o mal-estar, são muito bem contornáveis com o uso de medicamentos. Sofre-se menos hoje em dia com isso do que nos protocolos mais antigos – prontamente o doutor tentava aliviar a angústia do casal.

— Mas para definirmos como será o tratamento, precisamos saber o tipo e o subtipo do tumor. E isso é possível por meio da imuno-histoquímica, que é um exame laboratorial mais profundo. Vou dar a requisição e vocês levam ao mesmo laboratório em que foi feita a biópsia – informou o clínico.

Após isso, reforçou se não ficara nenhuma dúvida. Levantou-se e, dirigindo-se ao casal, abraçou fortemente a paciente, transmitindo esperança, confiança, mas acima de tudo humanidade. Disse em seu ouvido que ela iria curar-se, que venceriam essa mácula. Esse gesto foi muito importante, pois passou confiança no profissional da saúde que escolheram para ser seu tutor nessa longa jornada.

Saíram pisando em ovos, caminhando nas nuvens, não como o sonho romântico da primeira página, mas devido ao pesadelo que atemorizava a cada segundo suas mentes assustadas. Aquele nome estranho, imuno-histoquímica, latejava ainda. Mal sabiam que seria a chave que trancaria o cárcere. Seria ele que definiria o tipo do sequestrador.

Não retornaram pelo mesmo caminho, pois aproveitaram o tempo para acelerar em busca de um diagnóstico mais preciso. Foram ao laboratório. Somente ele desceu. Subiu a pequena rampa que acessava a recepção do estabelecimento e entrou pela porta de vidro, que ficava permanentemente fechada e com o aviso "entre", pendurada à altura dos olhos. No átrio, onde a mesa de atendimento ficava logo à frente, procurou atendimento e de pronto foi recebido. Entregou a requisição à atendente e explicou que necessitava de uma certa urgência no resultado. Quem não tem urgências nesses casos? Foi informado de que esse tipo de procedimento é feito em outro laboratório, em outra cidade, portanto, demoraria um certo tempo. Provavelmente na próxima terça-feira estaria finalizado.

Chegaram em casa. Ruminaram sem dizer uma só palavra tudo aquilo que ouviram. Não tinham coragem para perguntar um ao outro, mas era inevitável: o que vamos fazer? Uma longa pausa, um suspiro longo e demorado misturado às lágrimas teimosas, e decidiram juntos que voltariam para Lages e fariam todo o tratamento na cidade natal. Decidiram assim, depois de ponderar uma série de coisas. Mesmo tendo a oportunidade de fazer o tratamento em um centro maior, a capital do estado, a distância do restante família faria falta naquele momento tão sensível. Não tinham vínculos familiares e sociais fortes na capital, o que dificultaria o atendimento e a atenção adequada que o caso mereceria. Tinham boas referências da clínica de Lages e o acolhimento humano foi decisivo na escolha. Pronto, seria em Lages.

Nem tão pronto assim. Ainda tinham seus compromissos na capital, o trabalho do pai, as aulas das crianças, os encontros de artesanatos. Enfim, tinham a vida que estava se estruturando na capital. Mas estava decido, voltariam para Lages.

No dia seguinte, já providenciaram a transferência das crianças para suas novas escolas. A menina voltaria para seu antigo colégio, e isso a deixou muito, mas muito feliz, afinal voltaria para a mesma turminha do ano anterior. Já o mocinho teria que ir para uma nova escola, pois ele já estava no fundamental 2 e não haveria possibilidade de voltar para o mesmo educandário. Porém tinha um alento, a maioria dos seus amigos da antiga escola estava na mesma turma do novo colégio no qual continuaria seus estudos. Ele não ficou tão interessado assim.

A família não voltaria completa para a ilha.

Capítulo 7

O CATIVEIRO

Contar a triste novidade para os familiares foi uma tortura. Havia dois sentimentos, o de pesar por ver os olhos dos outros se enchendo de lágrimas e ao mesmo tempo lembrar do choque e da dor que foi receber o diagnóstico. Cada familiar com quem conversavam era como uma estocada, a lâmina da incerteza voltava a cortar fundo na alma.

O pai teve que retornar a Florianópolis em vista de seus compromissos profissionais. Eles ficaram. Essa separação momentânea foi cruel, apesar de sempre estarem mentalmente ligados, a presença física nessas horas tem um papel importante. Era mais um desafio que começava a se apresentar.

A espera pelo resultado da imuno-histoquímica foi longa, não pelas horas do relógio, mas pelo tempo alongado pela inquietude dos pensamentos. Nada de resultado na data prometida. O fosso de melancolia aumentava a cada segundo. Foi então que os médicos interferiram junto ao laboratório, solicitando um auxílio na celeridade do exame. Novamente aquele misto de ansiedade e medo aterrorizou nossos personagens. Seria bom que nada disso estivesse acontecendo, seria bom que acordassem agora daquela aflição. Utopia. Os desígnios de Deus são justos, devemos saber vê-los pelo ângulo da sabedoria e da fé. Mas não é fácil, até mesmo para os mais espiritualizados. Somos humanos recheados de fraquezas e medos, em que a fé e a força lutam constantemente, desde o dia que nascemos, para superá-los. Mas não é fácil.

Resultado pronto. O pai, que trabalhou além do horário do expediente, para poder ter um saldo de horas capaz de liberá-lo sem ônus à instituição, retornou a Lages para estar presente na leitura do laudo pelo querido oncologista. Assim procedeu.

Era uma quinta-feira do mês de setembro. O céu estava nublado, parece que pressentia que dias cinzentos se abateriam em nossa história.

Chegaram ao consultório, diretamente foram ao balcão de atendimento, e, como sempre, foram muito bem atendidos. Esperaram uma eternidade na sala de espera, embora o tempo do relógio não passasse tão lento assim.

    Como de costume, o doutor dirigiu-se à sala de espera e chamou a paciente pelo nome. Ao dirigirem-se ao consultório, receberam um afetuoso aperto de mão. Frente a frente com o médico, estavam prontos para programarem o tratamento. Já estava tudo programado em suas mentes, a rotina em Lages, a escola das crianças, as vindas do pai aos fins de semana. Não era bem o que esperavam, mas as circunstâncias os fizeram replanejar suas vidas. A mudança do mobiliário foi conseguida rapidamente. No mesmo dia que receberam a fatídica notícia, conseguiram uma transportadora para trazer a mobília para Lages. E assim foi feito.

    Entretanto, houve mais um golpe irremissível. O fato que o exame anunciava deixou todos apreensivos. Inclusive o médico. O sequestrador de vidas era implacável e ardiloso.

    Antes a patologia havia indicado neoplasia maligna pouco diferenciada, com a busca do esclarecimento, a imuno-histoquímica dizia o palavrão, utilizo aqui o significado popular, sarcoma de alto grau! Ainda seguia informando que o perfil analisado era compatível com sarcoma indiferenciado de alto grau. Tá, e daí? Surgiu a nova dúvida.

— O resultado não era o que esperávamos – lamentou o médico – Infelizmente esperávamos um tumor mais comum.

— O que é isso, doutor? – retrucou a paciente, a ponto de explodir.

— O tumor mais comum nos cânceres de mama é o carcinoma, no entanto a patologia acusou que estamos diante de um tumor muito raro em ocorrência na mama, um tumor filoide chamado de sarcoma – o doutor continuou de forma serena sua explicação, tentando dissipar um pouco o susto que acometera todos.

O pranto que antes estava seguro não se conteve. Lágrimas escorriam pelas faces apreensivas e cheias de receios, a emoção, a triste emoção que invadiu o âmago dos nossos personagens mostrava sua força. Desespero total, a morte batia de frente, com uma rigidez que parecia indissolúvel. A única visitante que temos a certeza de que um dia nos chamará é sempre o nosso maior medo. Torcemos para que essa hora nunca chegue, afinal de contas, temos muito ainda o que viver, não importa a idade.

Os filhos, o marido, os pais e todas as pessoas que nos são caras, como ficarão sem mim? Minha casa, minhas coisas, passarão de mão em mão. Meus sonhos não realizados. Tudo isso rodava feito um tornado F5 dentro da mente inquieta da paciente. Mas o que mais lhe açoitava era a possibilidade de não ver os filhos crescerem. Isso sim seria um fardo que carregaria para além-túmulo.

Lembrava-se da vida do marido, que perdeu a mãe, a qual também era muito jovem ainda, estando ele na adolescência. Fixou seu pensamento nas confidências ouvidas, na dificuldade do aceite, nos traumas irreparáveis que o então menino sofrera. Ainda hoje, quando o marido, que era o irmão mais velho de outros três, relembra, vertem-lhe lágrimas sentidas, que transcorrem a paisagem da face como um rio de lavas ardentes que insiste em mostrar a dor que reverbera sem cessar por décadas, e com certeza o acompanhará para sempre.

Será que a vida pregaria essa peça, reviver uma história como essa? Apesar do sofrimento, da dificuldade de diálogo com o pai, o marido acabou crescendo, reinventando, ou melhor, inventando-se sozinho. Não lhe faltou atenção, seu pai fez de tudo para que crescessem em um ambiente saudável, que não lhes faltasse nada, mas o que mais queria, o afeto de mãe, as brincadeiras inocentes com a progenitora, suas broncas e ensinamentos, isso não voltaria mais.

Pensou também em seus pais. Era a filha mais nova, a última que deixou a Querência, uma linda propriedade localizada no interior de Lages, onde vivera até se casar e onde seus queridos pais ainda moravam. Lembrou-se da linda vista que os fins de tarde proporcionavam, e sentada na varanda em frente à simples moradia, avistava os montes recobertos pela floresta nativa adornada por frondosas araucárias, que junto ao ondular das coxilhas eram uma paisagem indescritível. A imensa vargem logo à frente trazia recordações do tempo de menina, em que pequena ainda ajudava seu pai com a lide campeira, com o recolher das vacas do leite, a apartação diária dos terneiros, o trato para a criação. Lidas que ainda continuavam, agora sem sua ajuda permanente, feitas somente por eles, seus pais, que insistiam em ficar no campo. Imaginou sua ausência física na vida dos pais, afinal de contas era ela que sempre estava mais presente, sempre cuidava da saúde dos velhinhos, sempre cobrava para que eles descansassem um pouco, sempre os levava para viajar. Como ficaria tudo isso?

Eram mais milhares de lembranças e apontamentos que vagavam por seu espírito. Em um simples flash, nossa mente nos leva a viajar por infinitos lugares, como em um salto quântico, o tempo fica à deriva.

— Micheli! - o doutor chamou atenção novamente para si – O fato de o tumor ser raro não indica, necessariamente, que ele é mais grave, ou não tem cura – ponderou. — O que acontece é que, nos casos descritos na literatura, os sarcomas não costumam atingir as mamas. Apenas cerca de 0,02% dos tumores mamários são sarcomas. Então a raridade se dá pelo local de ocorrência, e não está relacionada com a gravidade da doença. Há cura, e vamos buscá-la – contemporizou o médico.

Maneando a cabeça, o casal consentiu, mesmo que a palavra "raro" ainda os fizesse pensar em condenação.

— O tratamento para os sarcomas é a cirurgia. Temos que retirar a doença do teu corpo. O primeiro passo é esse – continuou a conversa –, pois os tumores filoides, os sarcomas, não respondem bem à quimioterapia. Por haver muito poucos relatos sobre o efeito da quimioterapia, vamos ser conservadores e partir para a retirada do tumor, assim ganhamos tempo – argumentava o especialista.

Aquele colóquio de ganhar tempo assustou e juntou-se à palavra "raro", que indicava, erradamente, em sua consciência uma sentença de morte. Para que correr se a raridade não indica perigo?

Ainda foram informados, com uma conversa muito atenciosa e didática, que seria feita uma série de exames para fazer o rastreamento de possíveis metástases. Mais uma palavra que arrepia, até o pensamento. Era mais uma preocupação, embora o maior perigo da doença sempre fosse sua disseminação pelo corpo. Mas tudo era novidade, uma novidade nociva que fazia mal só em pensar.

Então não pensaram, agiram. Providenciaram o agendamento dos exames para o dia seguinte. Apenas a cintilografia óssea ficara para o sábado. Ainda foram informados de que o doutor já havia se adiantado e marcado uma consulta com o mastologista que seria o responsável pela cirurgia.

O dia amanheceu. Fato que parecia tão distante. Aquela noite foi longa, entrecortada de sonhos e pesadelos, pesadelos que, quando despertavam pelo susto, ainda continuavam vivos na memória. Os compromissos dos exames e a consulta ao fim do dia indicavam uma jornada exaustiva e tensa. Mas foram à luta. Deveriam buscar a solução para o caso, achar e eliminar o facínora que destruía sua rotina.

Mexeram-se cedo, primeiro o exame laboratorial. Várias ampolas de sangue foram subtraídas de suas veias. O jejum necessário parecia não a incomodar, pois apetite era algo inexistente. Seguiram para os exames de imagem. E lá se foram para a ecografia e a ressonância magnética. Todos esses exames com o pedido de urgência nos resultados. Ainda ficou a cintilografia óssea que seria realizada no próximo dia pela manhã.

Cansados. Apesar da rotina corrida, o tempo teimava em seguir a passos lentos, torturando ainda mais a família que seguia desnorteada. Mesmo assim ainda enfrentaram o último compromisso do dia, a consulta com o cirurgião.

Acostumados com a receptividade, como a consulta seria na mesma clínica, esperavam o mesmo tratamento. Não foi diferente, recepção humana, alegre, que tentava passar ânimo aos pacientes, embora isso não fosse tão fácil assim. Foram dirigidos ao andar superior. Subiram as escadas se imaginando como o gado que caminha ao abatedouro, cego de seu destino. Lá em cima havia outra recepcionista, que os recebeu, como costume de todos naquele local, sorridente e prestativa. Pediu que aguardassem na sala de espera, ligou o televisor e perguntou se lhes faltava algo. Não sei, nunca tive a oportunidade de viajar ao exterior, tampouco verificar o atendimento médico de lá, mas vou na onda: atendimento de primeiro mundo!

Medo e sofrimento trouxeram consigo o pranto que delatava o estado deprimente que viviam. Prontamente a secretária, vendo a situação não disfarçada, ofereceu um copo d'água para tentar acalmar a paciente. Em vão, o líquido universal lutava para hidratar e diminuir a ansiedade, aquilo que sentia transcendia o corpo físico. A doença radicada em seu seio possuía tentáculos mortais que lhe sofreavam a alma. Era assim que se sentia. Quando o som de um chamado lhes trouxe a atenção.

— Micheli! – o doutor chamava sua paciente.

Dirigiram-se ao consultório onde o gentil especialista os esperava na porta. Gentilmente abraçou sua paciente e cumprimentou seu par, acenando para que entrassem e se sentassem em frente à mesa.

— Maria, conversei com o oncologista. O resultado não era o que esperávamos. Havia uma probabilidade muito grande de ser um câncer mais comum – iniciava a abordagem médica.

Após o exame clínico, que mostrava claramente o desenvolvimento da doença, e ainda indicava um crescimento acelerado do tumor, o mastologista continuou:

— O resultado, como você já sabe, é um tumor classificado como filoide, que chamou de sarcoma. Ele é um câncer que atinge tecidos conjuntivos, por isso você poderá ouvir chamá-lo de sarcoma de partes moles. É um tumor que se desenvolveu nas fibras musculares que sustentam o seio, algo muito raro. Assim, ele é basicamente um câncer na mama e não um câncer de mama – continuava a explanação.

Nessa altura, nossa querida personagem já se encontrava aos prantos, as palavras câncer e raro desencadeavam um sentimento de medo, de perda, de incapacidade, que arrancavam de seu peito lágrimas sentidas, e copiosamente percorriam sua face cada vez que escutava esse conjunto de fonemas. Muito mais do que palavras, para ela representavam a luta pela vida e, em momentos mais sensíveis, representavam a própria morte.

— E o tratamento para esse tipo de doença é a cirurgia – continuou o médico, entendendo o momento não interferir no choro.

— Precisamos retirar o tumor o mais rápido possível, assim conseguimos extirpar a doença do seu corpo e conseguir uma boa possibilidade de cura – sempre com o olhar atencioso e uma calma que transmitia confiança, o doutor tentava acalentar a situação.

— Mas a cirurgia vai ser grande? – perguntou a mais interessada, ainda em transe.

— Infelizmente deverá ser uma mastectomia radical, ou seja, retirarei toda a mama direita, e com uma margem de segurança com tecidos livres. Mas no seu caso não haverá a necessidade da retirada dos gânglios da axila, o que evitará futuramente inchaços ocasionais do braço – procurando amenizar a situação, responde o doutor.

Em estado hipnótico, nossa protagonista esvaía-se em choro e preocupação. A cada novo diálogo, a cada nova informação, o processo automático de desespero inundava seu consciente, travando seus pensamentos no círculo vicioso do medo. Medo que recorria, tendo sempre os filhos no início da linha. O desamparo e a tragédia em suas vidas que seria a falta da mãe martelavam sem cessar sua consciência. Mas ainda tinha seu marido, que fora vítima da morte prematura da mãe, e agora estava na eminência de ver seus filhos passarem pelo mesmo drama. E seus pais, a quem carinhosamente chamava de Nono e Nona, que estavam chegando em uma idade que necessitariam de mais apoio, apoio esse que ela nunca mais iria oferecer.

Sempre atencioso e sensível à dor de seus pacientes, o médico percebeu a angústia no olhar lacrimejado de sua paciente e complementou:

— Se há algo de bom desta história toda, podemos dizer que a cirurgia retirará toda a doença de você. E a característica do sarcoma é ser mais lento na formação de metástase, ou seja, como está bem no início, estamos no tempo, as chances de a cirurgia extirpar a doença são muito grandes.

A contemporização do médico lembra o romance sentimental do início do século passado intitulado *Poliana Moça*. Nessa obra, a menina órfã chamada Poliana tinha a mania de sempre achar um lado bom em tudo. Mania, pois em nossa correria desenfreada dos tempos modernos, regidos pela velocidade digital e verdades virtuais, Poliana seria classificada como excêntrica. Já no início do livro, a menina, ansiosa pelos presentes de Natal deixados em doação na igreja, recebe um par de muletas do "Papai Noel". Chorou decepcionada e triste pela natureza do presente. Seu pai então a ensinou o jogo do contente, que nada mais era do que tentar achar algo de positivo em qualquer situação. Tirar de dentro de situações difíceis algo que possa nos dar contentamento. Poliana então ficou feliz, pois era saudável e não precisava de muletas. Quanto mais complicado fosse achar a felicidade, mais interessante ficaria o desenfado.

Enfrentar esse inimigo despende muita força, é necessário embasar-se na fé, indiferentemente de sua crença. E os bons desígnios de Deus passam, de certa forma, pelo jogo do contente. A fé nos remete ao interior de nós mesmos, procura entender o momento vivido como reflexo de algo maior. Não é fácil, mesmo para as pessoas mais espiritualizadas, o câncer é uma cruz pesada, muito pesada, capaz de destruir boa parte do ânimo e esperança das pessoas. Por isso devem ter sempre um pouco de Poliana, ainda mais os acometidos pela chaga, pois essa busca de felicidade ajuda a reconstruir o que a doença tenta derrubar. Vai-se fraquejar, isso é certo, somos humanos, e como diz Raul Seixas, saber que é humano, limitado, que usa só 10% de sua cabeça animal, pode contribuir para esses baixos. Por isso procurar ver sempre uma luz no fim do túnel, e procurar sempre um lado mais alegre e positivo nas situações vivenciadas, nos traz uma reforma íntima, e vemos que podemos ir muito além dos 10% que o artista eternizou em canção.

Nossa heroína buscava forças, nem imaginava que as tinhas, mas era necessário, o calvário estava só começando e ela tinha consciência disso. Aos poucos ia assimilando as informações, mesmo que superficialmente, pois não conseguia aprofundar os pensamentos e raciocinar livre dos maus agouros que sua imaginação produzia. Mas precisava ir além, dar o próximo passo, mesmo que suas pernas estivessem paralisadas pela incerteza, e perguntou:

— Doutor, e quando poderá ser feita a cirurgia?

— Como falamos, o tempo é nosso aliado quando não o esperdiçamos. Na próxima quarta-feira tenho um horário, logo cedo. Mas você é quem decide, já dei minha opinião, mas a decisão final é sua – ponderou o especialista.

— Pode ser! – em um rompante, afirmou a paciente.

— Muito bom! Fico satisfeito por sua determinação e coragem! Vai dar tudo certo! – disse o médico.

Embora a determinação e a coragem a que ele se referia ainda fossem muito superficiais, eram alheias ao tamanho das dificuldades e desafios que se apresentariam, pois tudo era muito novo. Eram muitas informações incapazes de ser digeridas assim tão rápido. Mas consciência da importância da celeridade tinham.

Assim, o doutor despediu-se, abraçando gentilmente sua paciente, transmitindo segurança, sempre com aquele olhar pacífico e o tímido sorriso no canto da boca.

Capítulo 8

ONDE ESTOU?

Há muito tempo não sabiam o que era pisar em terra firme. Desde que receberam o diagnóstico foram abduzidos por algo inexplicável que transformou suas vidas em algo surreal. O chão parecia algo que simplesmente sumira, não tinham um arrimo que os sustentasse firmemente. Tudo flutuava, a sabor do vento, ora calmo, mas sempre prenunciando uma tempestade.

E foi nessa instabilidade que passou aquele interminável fim de semana. A primeira empreitada, inadiável, era comunicar aos filhos o que estava acontecendo. Seria um papo dificílimo, afinal de contas o medo, o desconhecimento do que viria à frente, não dava suporte suficiente para dialogar tranquilamente com os rebentos, ou ao menos disfarçando a inquietude. Mas era necessário.

A conversa foi sobre a cama do casal, *king size*, que adquiriram pouco tempo antes de se mudaram de cidade. Quase nem haviam aproveitado o amplo espaço de descanso, escolhido justamente para acomodar toda a família. Sentados sobre o confortável colchão, de mãos dadas iniciaram a dolorida explicação. Com uma didática que foi possível, começaram informando que a mãe estava doente e que necessitaria fazer uma cirurgia. Entretanto, a prosa de cerca-lourenço não ludibriou as inteligentes crianças. Apesar de não verbalizarem, eram denunciadas por seus olhares assustados e a feição tensa, sabiam da gravidade da situação.

Foi difícil informar que a mãe seria mutilada, teria parte do seu corpo arrancada sem dó nem piedade em decorrência de algo que surgiu em seu corpo sem autorização, infiltrou-se em suas entranhas e repentinamente sequestrou sua vida. Era algo muito complexo para o entendimento das crianças, ou talvez nós adultos é que complicamos as coisas. Era notado em seus olhares, na forma em que abraçaram a mãe e o pai, que sabiam que não era brincadeira, sentiam muito, mas não sabiam explicar os sentimentos, apenas sentiam. Sentimento puro e sincero que remete à mais simples empatia, ao amor ágape que não requer motivação, ele simplesmente ama, sente e solidariza, talvez nos falte um pouco mais de criancice nessas horas.

Agora vinham os familiares. Uma maratona repetitiva que dilacerava em cada nova abordagem. O choro coletivo tornou-se regra nessas conversas. Mas o pranto tem seu valor, ele alivia, exporta nossos sentimentos mais íntimos, os quais somos incapazes de explicar em fonemas, e quando não são comunicados pelas lágrimas, apertam nossa garganta a ponto de nos sufocar. Ainda bem que choramos.

Seus pais foram os mais impactados, moravam sozinhos no interior, viviam uma vida simples, ligados aos afazeres diários de uma propriedade rural, sempre estavam se mexendo. Era lidar com o gado, era lidar com a lavoura, era cuidar das cercas, era cuidar do asseio do lar, era fazer o queijo, limpar galpão, tratar os cachorros, gatos, papagaio e uma infinidade de outras coisas, que quando terminavam outras eram criadas para entreter o pensamento. Era uma fortaleza aquele autêntico casal serrano. Pareciam as taipas de pedras que o tempo maltrata, mas é incapaz de derrubar. Mas tremeram, o murro de pedras abalou. A caçula, a última que deixou o sítio em busca de sua vida, agora estava em risco. A possibilidade da perda mexeu muito com os anciãos, tinham um medo tremendo da morte, não da sua, mas das pessoas que lhes eram caras. Tentavam desviar o olhar, com a vã esperança de que quando a olhassem no olho, aquela brincadeira de mau gosto já estivesse desfeita. Quem dera fosse obra de um primo fanfarrão, mas a realidade era bem mais amarga do que qualquer artimanha de um Pedro Malasartes.

Demorou para chegar na véspera, foi uma longa agonia entre os dias intermináveis e as noites em claro em que o sono cismou em não os brindar com sua descontração. Estavam a arrumar uma pequena bolsa para levar ao hospital, com materiais de higiene, pijama e algumas peças íntimas. Cada arrumação, uma lembrança, uma conjectura, por incrível que pereça, prevalecendo os malévolos pensamentos. Pranto copioso, sempre compartilhado com seu amado, que buscava forças para consolá-la, não sabia onde, mas garimpava seu ser na busca de histórias que a amparassem.

Ele lembrou-se da sua primeira gravidez. E usou como exemplo.

Por volta do terceiro mês de gestação, foram fazer o exame de ultrassom para verificar a transluscência nucal. Um exame de rotina que tem como principal objetivo detectar alguma síndrome cromossômica. Cerca de 95% desse tipo de anomalia genética pode ser detectada nesse exame. Era para ser apenas mais um exame, não fosse o resultado. Após várias medições que o doutor fazia e não lhes dizia nada, eles indagaram se estava tudo bem, quando perceberam pelo semblante do médico que não estava. Assertiva confirmada pelo examinador.

Naquela feita o chão também lhes faltara. Seu primogênito poderia nascer com alguma síndrome genética, ou ainda ter uma vida muito efêmera. Não havia rejeição, mas sim a preocupação em cuidar de uma criança especial. Será que teria capacidade? Saberia enfrentar o preconceito das pessoas? Como seria sua saúde? Então seu esposo a amparou fortemente e disse que amariam aquela pessoinha que estava vindo com todo o amor do mundo, e esse amor daria sabedoria e forças para enfrentarem o mundo se fosse necessário. Continuou dizendo que seria uma bênção de Deus a responsabilidade de cuidar de tão delicado ser. Gesto e palavras que acalentaram sua alma, e emergiram em um estado de fé, pensamentos e energias positivas tão intensos, que por vezes sentiam a presença de seres superiores a lhes iluminar. E foram iluminados, o menino nasceu saudável, e não apresentou nenhuma síndrome.

— Viu, com fé e determinação tiramos forças para enfrentar a incerteza até o nascimento! Agora com fé e determinação vamos conseguir vencer mais este desafio! — invocava todo denodo da companheira.

Acalmou-se um pouco e foi tentar relaxar. Por mais macia que estivesse sua cama, não havia posição que lhe trouxesse conforto. Parece que o tumor crescia dia após dia, e a dor aumentava na mesma proporção. Gostaria que fossem coisas de sua imaginação, mas o autoexame colocava a realidade nua à sua frente. O tumor estava crescendo.

Foi tentar um banho para relaxar. Abriu o chuveiro, deixou a água escorrer pelo seu corpo, massageando cada centímetro de sua pele. A água morna não foi capaz de aquecer seu coração, que permanecia frio, apesar da taquicardia quando voltava a pensar na cirurgia. Então, ainda no banho chamou seu marido, que estava no quarto. Ao adentrar no lavatório e abrir a porta do box, ela se virou para ele e depois dirigiu seu olhar ao seu busto, e disse:

— Olhe, que será a última vez que me verá completa! – em pranto exaustivo quase não conseguiu terminar a frase.

Mesmo vestido, o marido a abraçou, ignorando a água que escorria do chuveiro, e choraram, juntos, abraçados. Aquele momento foi icônico para ambos, e serviu para reafirmarem os laços matrimoniais jurados no altar: na saúde e na doença, amando-te e respeitando-te! As energias trocadas nesse gesto traziam certeza a ambos de que estariam juntos, enfrentando e lutando com todas as suas forças, que eram indissociáveis.

Dormiram abraçados na espera do amanhecer.

Capítulo 9

UMA PROVA DE VIDA: A AMPUTAÇÃO

A aurora trazia algo de místico. Quando o sol anunciou a alvorada, instigando a face dos adormecidos, com seus raios indiscretos que transpunham a cortina, a ansiedade já estava de prontidão e invadiu o ser. Levantaram-se rapidamente, não por atraso, mas pela necessidade de ver aquilo tudo passar o mais rápido possível. O hospital ficava a poucos metros de sua casa, se quisessem daria para ir caminhando sem problemas de cansaço. Todavia, ir embarcados parecia mais prudente.

Chegaram. Preencheram o cadastro. À espera estava sua irmã mais velha, que era enfermeira naquele nosocômio e ajudou a preparar a paciente para o procedimento. A seguir chegou o anestesista e por fim o cirurgião. Conversaram rapidamente, informando que a cirurgia era relativamente simples, guardadas as proporções, e deveria durar em torno de uma hora e meia.

Despediram-se com um leve beijo e olhares esperançosos.

Foi uma hora comprida. Aquele procedimento não findava. Haja coração. O pensamento divaga longe, e quem espera notícias, deixa-o longe para não interferir negativamente, temos esse ranço de pensar no pior, raramente somos otimistas. Nossa fé fraqueja, nossa confiança derrapa, para saciar nossas limitações pedimos para tocar nas chagas, e a exemplo de São Tomé, cremos no que vemos. Mas decerto que alguma notícia ajudaria.

O toque estridente do telefone anuncia em sua tela uma ligação da cunhada que acompanhava o procedimento. Estava terminado. A intervenção foi um sucesso, tudo transcorrera como previsto. Aquela foi como um cravo retirado do coração. Um alívio indescritível. Pelo menos momentaneamente. Lembrou Tomé: quando ela viria para o quarto?

Passadas algumas horas ela chega ao quarto. Muito debilitada e ainda sonolenta, efeito da anestesia. Ansiosamente o marido a recebe com um suave beijo na face. Era notada a angústia no cenho de todos. Ainda estavam à espera sua irmã e comadre. As crianças viriam depois, estavam aguardando juntamente a seus primos. O quarto era muito confortável. Além do leito da paciente, havia dois sofás, um localizado ao lado direito da cama principal e outro aos pés desta. Isso tudo em um amplo espaço que comportava ainda um pequeno roupeiro e um frigobar. O banheiro anexo também era grande e asseado. Acomodações confortáveis para receber a multidão de visitas que viriam apoiar a família.

Logo a seguir da chegada ao quarto, o doutor veio comunicar como se deu o procedimento. Disse que correu tudo como planejado. O tumor foi retirado em sua totalidade e não havia indícios de que ficara qualquer tecido suspeito. Também informou que foi obtida uma margem livre, indicando o sucesso do procedimento. Falou da importância do dreno e de sua limpeza diária para a melhor cicatrização, e da necessidade da troca do curativo. Enfim, dentro do possível, tudo estava certo.

Acabou a segunda etapa do processo. Primeiro foi o baque da notícia da doença, agora vem a mutilação. Cada uma com seus peculiares, problemas e desafios.

O médico solicitou que o material retirado, ou seja, toda a mama direita, fosse encaminhado ao laboratório para análise patológica. E foi feito imediatamente pelo marido.

Que sensação horrível. Pegou aquela embalagem plástica pesando mais de um quilo. Não teria nenhum receio não fosse o fato de aquilo ser parte do corpo de sua querida, e uma parte visível externamente, uma parte que representava sua sensualidade e que ele conhecia bem. Era algo muito diferente, estranho o sentimento que aflorava. Um misto de alívio, por estar levando aquilo que causou toda essa invertida na vida da família, e dor pela amputação sofrida. Sentiu-se como quem recebia do sequestrador um pedaço do corpo da vítima para provar que ela ainda estava viva. Talvez essa seja a analogia que mais se adequa ao caso. Transmite um pouco da mescla de angústia e felicidade que aquele momento significou.

Nossa protagonista estava deitada em decúbito dorsal, vestida apenas pela bata da cirurgia. Aos poucos voltava à consciência normal, o efeito da anestesia aos poucos se dissipava. Sentia-se diferente, algo faltava. E não era pouca coisa. Parte de sua feminilidade, de sua maternidade, de sua sexualidade, agora estava desintegrada, decepada pela metade. A simetria bilateral estava suspensa. No que se transformara?

Era de esperar essa pergunta, afinal o câncer traz consigo um desajuste na vida da paciente, atingindo em cheio o complexo corpo, mente e espírito. Gera um leque de sentimentos que modificam a percepção de sua autoimagem, depreciam sua autoestima e a forma como encara suas relações sociais. Mas o apoio familiar e profissional tende a construir um destino mais saudável, ajuda a superar gradativamente essa nova fase que vai muito além da doença em si, mas toca no fundo da alma, mexe com os sentimentos, as angústias e as dificuldades das mulheres em enfrentar a doença, enfrentar o desconhecido. E essa ajuda estava disponível.

Estavam todos a postos. Cada um de sua maneira. O marido não media esforços em dividir-se entre ela, os filhos, o curso de especialização e ainda a gestão de sua instituição. Ufa. Seria cansativo, mas estava disposto a enfrentar sem esmorecer e, se fosse preciso, largaria tudo e se dedicaria integralmente à saúde da família. Os nonos, mesmo morando no interior, entregavam todo o carinho parental, da forma mais simples e pura, assim como tem que ser amor de pai e mãe. As irmãs, prontas para ajudar a manter a casa em ordem, sabem como é deixar pela mão do homem. Ajudar com as crianças e dar suporte e ombro amigo à querida enferma. Ainda tinham as amigas que seriam um esteio a mais para garantir que aquela pessoa alegre, sincera e solícita não desmoronasse. Era uma verdadeira força-tarefa. Acertaram em vir para perto dos seus, essa vivacidade familiar faria a diferença desde o primeiro dia.

Foram muitas visitas no hospital. Rápidas, mas muitas. Isso lhe demonstrava que sua presença era querida, que ela fazia a diferença para todas aquelas pessoas, e para muitas outras que se furtaram de lhe visitar no leito hospitalar, pensando em poupar sua disposição. De fato, por mais que se goste das pessoas, em estado de convalescença as horas quietas têm seu valor. Mas em momento algum demonstrou isso.

Nessas visitas ganhou um presente que lhe marcou positivamente. Uma almofada em forma de coração diferenciado, tinha "orelhas", dando um visual peculiar do que estava acostumada a ver em um coração tradicional. Mas era essa característica que buscava dar confronto às mulheres que tiveram câncer de mama. Essa iniciativa remonta dos Estados Unidos, nos idos de 2000, e logo foi para a Europa e depois ganhou o mundo. Uma bela iniciativa. A almofada foi projetada para ser usada embaixo do braço com o objetivo de aliviar a dor, reduzir o inchaço linfático provocado pela cirurgia, diminuir a tensão nos ombros e ser usada sob o cinto de segurança dos veículos para proteção de eventuais golpes.

Essa iniciativa chegou ao Brasil pela Sociedade Feminina Missionária da Igreja de Deus no Brasil, por intermédio da ativista Ondina Almida Posiadlo. Agora é fruto de voluntariado que já beneficiou muitas mulheres no país.

A previsão de alta era em dois dias. Enquanto isso, a irmã enfermeira se dispôs a passar as primeiras noites com ela. O marido concordou, pois sabia que sua presença nas horas de higiene da cicatriz causaria certo desconforto à sua amada. Afinal isso tudo era muito recente, uma novidade funesta, aceita, mas não digerida. Acertada escolha.

Ao ver-se mutilada, todo aquele medo e incerteza que tivera anteriormente voltaram com uma intensidade avassaladora. Olhar aquele corte diagonal que partia de seu ombro, cruzando o lado direito do tórax até quase seu abdome, não era algo agradável. Aquela cicatriz medonha substituíra seu seio, acabou com sua simetria, retalhou sua sensualidade e sua maternidade. Abalaria qualquer mulher, e com ela não foi diferente. O pranto tentava lavar a indignação com o porquê daquilo tudo.

Falar que isso é algo que estava programado, que é nosso destino, não é fácil de aceitar. Por mais que a pessoa seja religiosa e acredite nos desígnios de Deus, aceite que o que vivemos hoje é um carma exclusivamente nosso, na hora não cola. Reagimos fortemente. Aceitar prontamente o que acreditamos é bom quando está tudo bem conosco. Vendo a vida dos outros, tentar explicar para o amigo, consolá-lo em crises, não que seja agradável, mas é bem mais fácil do que fazer para si mesmo. Mas é preciso, seja qual for nosso entendimento, precisamos seguir em frente, e apegar-nos a algo que acreditamos é fundamental. A doença atinge o corpo, mas afeta a mente e o espírito. Por isso uma abordagem holística é fundamental para a cura do Ser.

Chegava o dia de ir para casa. Ir atrás da vida que lhe roubaram. Uma grande amiga se propusera a ajeitar a residência. Esposa de um colega de seu marido, não envidou tempo e disposição, limpou toda a casa, que não era pequena, preparou a cama com lençóis cheirosos. Nem mesmo faltou a suave fragrância de bambu que, dissipada pelo difusor, invadiu alegremente todos os cômodos. Estava tudo pronto, exceto o pedido inusitado, ela não queria ver-se no espelho. Prontamente o marido correu em busca de solução. Tirar o espelho do banheiro seria muito difícil, inviável, pois fazia parte do móvel feito exclusivamente para aquele ambiente. Então pensou em comprar papel adesivo e cobrir toda a extensão do espelho. Correu todas as papelarias do bairro até encontrar um rolo de papel adesivo decorado com pequenas rosas. Não teve dúvida, aquela estampa resolveria o pedido, além de trazer um ar jovial para aquela situação delicada.

 Pensando nessa feita, um ar de nostalgia recai sobre as recordações, e lembrando o poeta nordestino Bráulio Bessa, veio a resposta, ou o desejo daqui para a frente:

Recomece, se refaça,

relembre o que foi bom,

reconstrua cada sonho,

redescubra algum dom,

reaprenda quando errar,

rebole quando dançar,

e se um dia, lá na frente,

a vida der uma ré,

recupere sua fé

e RECOMECE novamente.

Capítulo 10

A VIDA NO CÁRCERE

Mas como todo início, ou mesmo recomeço, não é fácil, vem repleto de dúvidas ou medos, esse não fugiu à regra. Chegar em casa após uma cirurgia, dependendo dos outros para quase tudo, ainda mais para alguém que sempre foi extremamente ativa, era uma barra. Ainda mais pelo tipo de cirurgia, vinha incompleta anatomicamente e emocionalmente abalada. Baixa autoestima, pelo corpo, pela dinâmica de vida. Fazer do poema do Bráulio um mantra não seria tão simples assim, mas era preciso.

O marido teve que viajar no outro dia, em virtude de compromissos profissionais, desceu a capital com o coração apertado. Foi organizar o transporte do mobiliário que ficara no apartamento da capital. Pensava que não voltariam mais a utilizar o imóvel. Ao comunicar-se com a amiga que ajudava a cuidar da esposa, aquela companheira de seu colega, ela informou que a esposa estava reagindo muito bem, já havia até retirado todo o adesivo do espelho do banheiro. Graças! Aquele ato seria um indicativo de que a recuperação seria mais rápida. Já estava aceitando o ato mais contundente e visível da doença, a mutilação.

Porém, era apenas o início da busca pela vida que foi confiscada.

O dia a dia pós-operatório passava por rotinas rígidas. O curativo sobre a cicatriz deveria ser refeito todos os dias, tarefa que ficou a cargo da irmã enfermeira. Mas também tinha a limpeza e o esgotamento do dreno, uma mangueirinha que ficou dentro de seu corpo, no local que antes estava a raiz de seu seio, e tinha como objetivo retirar todo o líquido excessivo que se formasse na região da operação. E a retirada desse líquido ficava a cargo de um recipiente sanfonado, que quando precisando sucessivamente fazia um vácuo que seccionava o conteúdo que estava no tubo cirúrgico. Esse aparato todo ficava como um apêndice externo de seu corpo, algo muito sinistro.

Aonde ia, o dreno seguia pendurado ao seu lado, ora seguro pela mão, ora amarrado logo abaixo da cintura pela faixa do roupão. Rotina que logo se tornou foco de humor, usado para amenizar a estranheza chamando o parto de "totó". Usaram a referência de um animal de estimação para amenizar que o corpo estranho estava ligado ao seu. Deu certo. A brincadeira com o "totó" ajudou a passar mais rápido o tempo que necessitou do dreno.

Os dias iam passando e também ia se acostumando com sua nova anatomia. Já tinha coragem de se olhar no espelho descobrindo a repugnância e aceitando a cirurgia como algo que retirou de seu corpo um intruso agressivo que poderia lhe ter levado ao limiar da vida. A marca do corte vinha cicatrizando muito bem, ora, os cuidados foram perfeitos, curativos bem-feitos, dreno bem manejado, e isso dava certo conforto à nossa paciente. Ela já não se importava tanto em mostrar o local para suas irmãs e amigas. Também tomou coragem e permitiu que seu esposo visse como ficou. Aquela cicatriz representava um novo passo, e a aceitação da situação era o início da busca da vida que foi sequestrada.

Próximo ao décimo dia após a cirurgia, com a ferida quase cicatrizada por inteiro, o dreno começou a retirar menos líquido. Por mais que se produzisse vácuo, era uma mínima quantidade de fluídos que saía. Por vezes chegava a trancar, sendo necessário muito exercício para desentupir o tubo, o que causava um enorme desconforto, levando a paciente a ter vertigem. Nessas horas, o serviço era interrompido até a enferma recuperar-se, e não poucas vezes, acabava por ali.

Então resolveu ligar e falar com o doutor sobre o bom andamento da cicatrização e os problemas com o dreno, fato que lhe trouxe a expectativa de retirada do "totó". Notícia que veio cheia de esperança, por mais apegada ao bichinho, não via a hora de poder liberá-lo para sair em busca de uma nova dona.

No dia da consulta, ela e o marido foram ansiosos. Recepção no mesmo nível de sempre, atenção, carinho e preocupação desde o porteiro até o especialista, que com aquela calma e segurança peculiar os convidou para entrarem no consultório. Após as conversas iniciais e acolhedoras, o médico pediu para examiná-la. Pôs-se sentada sobre a maca e expôs o local da cirurgia, que minuciosamente analisada pelo especialista, reafirmou que estava tudo muito bem e que realmente poderia ser efetuada a retirada do dreno. E logo a seguir começou a extração.

Meu Deus! Aquele homem não parava mais de puxar o tubo fino que estava incrustado no interior do tórax. Sem brincadeira, era tubo para mais de metro. O marido que assistia ao procedimento ficou apavorado e chegou a desviar o olhar para não passar mal. E a paciente com uma expressão mista de alívio e desconforto sentia desprender de seu corpo aquele instrumento que já fora útil, mas que por último já estava a causar-lhe inquietação. E foi grande a satisfação ao ver o dreno sair totalmente de seu corpo e repousar dentro da lixeira do consultório. Até que enfim aquilo não lhe pertencia mais.

Essa primeira fase foi decisiva no tratamento. Apesar de ser uma ação radical, foi relativamente fácil de transpô-la. Mesmo modificando totalmente nossa protagonista, seu corpo e a forma como se enxergava mostrou que a união familiar e o apoio dos filhos e marido são formas de expor o carinho e o cuidado que todos tinham por ela. E que o amor é uma terapia, e muito eficiente.

Por certo, a família representa um papel basilar para a mulher enfrentar o desafio da doença, o desafio de se construir novamente após a derrocada do diagnóstico, ainda mais evidente quando seguido da mastectomia. É um recado da torcida, que vê o time em campo sofrendo um gol e ficando retraído, taciturno, sem vontade de reagir, e não desiste. Levanta-se na arquibancada gritando o nome da equipe, empolgando todo mundo dentro do campo, que se enxergam incapazes, mas diante do apelo caloroso da torcida e cumplicidade dita no "tamo junto", faz com que haja a reação. A mulher se vê impelida a não desistir, pois sabe que não estará sozinha na grande caminhada que se inicia, todos estão juntos.

Começamos bem, união, determinação e amor, muito amor, fariam toda a diferença na jornada que se iniciava.

Capítulo 11

TROCA DE CATIVEIRO

A recuperação estava indo bem. A família e os amigos empenhados em ajudar da melhor forma possível. O marido, apesar de viver na estrada entre a serra e a capital, procura sempre estar presente, e estava, mesmo que não fisicamente, sempre o pensamento e as orações estavam direcionados para o lar.

Estava na hora de voltar ao oncologista para sua avaliação do procedimento cirúrgico e dar continuidade ao tratamento. Era importante estarem juntos nesta hora. E foram à clínica. Mal sabiam que o nosso sequestrador estava preparando mais uma artimanha que reviraria novamente a vida da nossa guerreira.

Já estavam acostumados com a recepção, coisas boas nos mimam rápido. Aguardavam na sala de espera. A observação que faziam antes agora era acrescida de suas próprias figuras, tornaram-se refugiados do tsunami câncer.

— Maria! – como costume, o médico veio recepcionar na sala de espera a paciente.

Entraram e sentaram-se à frente da mesa onde a conversa preliminar aconteceu, sempre de forma atenciosa e humana, para então seguir para o exame clínico, que denunciava uma excelente recuperação física da intervenção cirúrgica.

— Maria – o especialista chamou atenção para si após o exame clínico, e continuou.

— Como já havíamos conversado, o principal tratamento foi a cirurgia. E pelo que soube do cirurgião e foi verificado agora, correu tudo bem. O tumor foi extraído em sua totalidade e conseguimos margens livres, isso é muito bom. Agora vamos continuar o tratamento. A nossa programação seria iniciar a quimioterapia, mas, como já havia comentado contigo, para o sarcoma a quimioterapia não tem uma atuação pacificada. Portanto, partiremos logo para a radioterapia – explica os próximos passos.

— Vamos marcar uma consulta com a nossa rádio-oncologista para ela explicar como será o procedimento e tirar todas as suas dúvidas. Vai dar tudo certo, você é muito corajosa. Sua rápida atitude diante da doença mostra sua força, você está de parabéns! – o especialista finaliza sua intervenção repassando ânimo à paciente.

Despediram-se com um abraço carinhoso, e foram à recepção agendar a consulta com a radiologista. De pronto já deixaram agendado para o outro dia.

Chegada a hora da consulta. Estavam sentados na sala de espera no piso superior da clínica à espera de serem chamados. Isso não demorou muito. Uma pessoa adorável, com o olhar jovial e alegre, os convidou para entrar.

— Boa tarde, Maria! Como está passando? – a doutora os recebeu de forma alegre e acolhedora, marca registrada daquele local.

Entraram depois de um abraço acolhedor e um beijo no rosto que refletiu um carinho e uma preocupação com a pessoa humana, e não somente com a paciente. Sentaram-se no consultório e, após a anamnese esperada, a doutora pediu para examiná-la.

Terminado o exame clínico, retornaram a sentar-se frente a frente para decidirem qual a melhor forma em que se daria o prosseguimento do tratamento.

— Muito bem – iniciou a simpática doutora –, a primeira etapa você passou e sua recuperação está excelente. Como o oncologista já deve der lhe dito, há muitas controvérsias com o uso da quimioterapia para os sarcomas de mama. Então, a equipe decidiu que o melhor passo agora seria partir para a radioterapia. É um procedimento indolor, em que o tecido é ressecado por meio da radiação. Porém, o procedimento é efetuado diariamente, cerca de 15 a 20 minutos, mas todo dia – continuava sua explicação – Os efeitos colaterais geralmente apresentam-se como cansaço e um aspecto de queimadura na pele.

— Tudo certo, doutora, vamos em frente! – resumidamente concordou a paciente.

— Porém! – um sinal acendeu ante a chamada da especialista.

Os poréns da vida sempre a nos pregar peças. Tudo vai bem, aí chega a conjunção adversativa, coloca uma pulga atrás da orelha e, logo em seguida, vem com seus golpes. Não que nossa história esteja livres desses reveses, mas apesar de ser algo recente as punhaladas eram aos montes. Talvez soe dramático, mas quem vive isso tudo não dramatiza, apenas vive toda a incerteza e o medo que advêm da doença.

— Como nossa primeira previsão seria pelo tratamento mais usual, em que a quimioterapia entraria primeiro, teríamos tempo para conseguir vaga na fila, pois aqui em Lages temos somente um aparelho que está vinculado exclusivamente ao SUS. Além disso, ele serve toda a população da serra e do meio oeste catarinense. E hoje o tempo estimado é de três meses de espera – explanou a médica.

Antes mesmo de a perplexidade que aflorava no casal se dissipar diante daquela notícia que era terrível: esperar em uma fila, com um inimigo tão sorrateiro e sem escrúpulos, seria uma agonia sem fim, uma luz acendeu-se.

— Mas há uma alternativa! – aliviou o cenário macabro, e continuou.

— Como vocês possuem um plano de saúde, já verificamos que o tratamento poderá ser coberto por ele. Em Florianópolis, tem um local onde pode ser feito o tratamento por essa via. É o mesmo aparelho e a mesma metodologia, somente conseguiremos evitar a fila e adiantar o tratamento. O que me dizem?

É muito frustrante saber que diante de uma doença tão séria e agressiva tem-se que aguardar na fila de espera pelo tratamento. Como relatos da própria especialista, não eram raros os casos de recidiva enquanto pacientes aguardavam pelo tratamento. Ocorrência até mesmo de morte durante o tempo de aguardo. É frustrante ver-se impotente diante da doença e, mais ainda, saber que se tiver condições financeiras você consegue adiantar-se, não deveria ser assim. Frente a doenças complexas, o acesso ao tratamento deveria ser indistinto ao poder financeiro, todos deveriam poder tratar-se no momento adequado. Mas infelizmente essa não é a regra, nos resta torcer para que dias mais justo e igualitários sejam realidade entre nós. Por enquanto o jogo é diferente.

Quanto à questão, teriam que retornar a Florianópolis. O tratamento não seria possível de se fazer indo e vindo, pois era realizado diariamente, era necessário mudar-se novamente para a capital. E agora? Já haviam trazido todos os móveis, as crianças estavam matriculadas em escolas de Lages. O dilema se apresentava. Ficar e esperar pela sorte, enfrentar 3 meses andando sobre o fio da navalha, dormir pensando que existe uma espada suspensa sobre seu leito segura apenas por um fio de cabelo. Ou voltar provisoriamente, encarrar a distância e a separação dos filhos e da família. Como diria Shakespeare, eis a questão.

— Vamos a Florianópolis, doutora! – incisivamente respondeu a paciente, mesmo tendo o coração apertado pelas renúncias e dificuldades que adviriam da escolha.

— Fico feliz por ser essa a opção! Nos deixará muito mais tranquilos e com certeza o resultado será positivo! Em seguida já entrarei em contato com a clínica, que entrará em contato contigo para agendar o início das irradiações – sentenciou a especialista.

Estava decidido, agora só faltava ajustar-se à nova reviravolta. Mais uma artimanha urdida pela sordidez do inimigo. Estava tudo ajeitado em Lages, mudança feita, crianças rematriculadas, o lar estava com seus donos dando vida e habitando o domicílio. O que fazer? Reverter a matrícula das crianças e voltar a morar no litoral? Talvez fosse uma alternativa viável à primeira vista, entretanto não haveria nenhum suporte familiar a ajudar com a dinâmica, até então desconhecida. Além do mais, tratando-se de condições biológicas em que a lógica não é tão lógica assim, cada um responde de uma forma diferente. Decidiram por irem sozinhos. O coração partiu. A segurança tímida que aflorava vagarosamente evaporou, sublimou, esvaiu-se.

Correria novamente, a vida de cabeça para baixo estava começando a parecer rotina. Sábia observação. Mas era o que decidiram, não tinha volta. Reuniram o núcleo familiar, e comunicaram as crianças. Nessa idade a dependência dos pais é muito forte, ainda mais nessa geração em que, de certa forma, são mais minados que nós. Foi uma dificuldade, o choro correu solto pelas faces amedrontadas de todos. Tentaram explicar que nos fins de semana estariam juntos novamente, e que em alguns outros eles iriam ao encontro dos pais na capital. Não era a mesma coisa que viver juntos, e as crianças sabiam a dimensão da separação, apenas amenizou a situação imposta e que sabiam que era necessário. Não tem situação perfeita, nessas horas as coisas acontecem e pronto, vamos encará-las, ponto final.

Quanto ao apartamento vazio, ficou a ginástica de escolher o mínimo de coisas para mobiliar e o transporte urgente. Como os amigos são importantes, nas horas tranquilas nos alegram, nas horas escuras trazem sua luz a nos mostrar uma saída. Um colega de seu marido ofereceu-se para levar a pequena mudança para Florianópolis. Os amigos são uma bênção que entra em nossas vidas.

Prepararam a carga. Como era pouco trem, como diria o mineiro, coube tranquilo em uma camionete. Bem estivada e protegida por lonas, afinal o tempo estava muito carregado, aprontaram no início da noite. Combinaram a saída para a próxima manhã. Seguiram cedo, no clarear do dia seguiam pela BR 282 rumo ao litoral. As crianças nem viram a partida, a despedida ficou na noite anterior quando eles ficaram na casa de sua comadre e irmã. Foi melhor, a tristeza da visão pelo retrovisor das crianças chorando ao deslocar do veículo era algo muito marcante que acompanharia a viagem toda. Não que a lembrança dos filhos não fosse constante, mas não os ver chorar na despedida era um alento.

Chegaram por volta das 9h, antes da encomenda, tempo para dar uma ajeitada no apê. De fato, duas horas depois entravam pelo condomínio pai e filho, amigos para toda hora, com disposição e garbo para rapidamente aprontar a mudança. O vazio do apartamento diminuirá um pouco, mas não o suficiente para lhe dar cara de um lar. Mas aquele ambiente seria sua morada pelos próximos dois meses.

Capítulo 12

O ISOLAMENTO

As ligações para as crianças ganhavam mais vivacidade pelo auxílio da tecnologia. As videochamadas via internet amenizavam a distância e se tornariam uma rotina terapêutica.

No outro dia, foram à consulta com a rádio-oncologista. Demoraram cerca de 20 minutos até a clínica, que ficava aos fundos de uma igrejinha histórica com mais de um século de construção. Conseguiram vaga no estacionamento. Entraram no local, um pequeno, mas aconchegante balcão de atendimento, onde atendentes simpáticas e atenciosas lhes receberam de forma hospitaleira. Após o cadastro, foram direcionados a outra sala de espera, com dois sofás grandes e mais três poltronas destinadas ao conforto de quem esperava pelo atendimento. Esperaram pouco tempo e já foram convidados a dirigirem-se para o consultório.

A recepção pela doutora não traiu a primeira impressão, foi totalmente acolhedora, simpática. Parecia que eram mais do que simples pacientes, pareciam pessoas humanas necessitando de ajuda sendo socorridas por pessoas humanas dispostas a ajudar. Isso deveria ser lógico, mas infelizmente muitas experiências anteriores e relatos diversos pelos canais das rádios demonstravam o contrário. Sentiram-se pessoas abençoadas.

A conversa naquela feita foi uma breve explicação dos procedimentos. Que seria feita a marcação onde a radiação seria direcionada. Essas marcas permaneceriam durante todo o processo, eram protegidas por um filme plástico para proteger a tinta durante a higiene diária. Também foi informada de que essa marcação seria feita com base na tomografia a ser executada em seguida. Passaria com uma entrevista com a enfermeira responsável para explicar toda a rotina, os cuidados necessários com o corpo e a mente, além da adoção de uma nova rotina alimentar.

Foi informada de que os efeitos colaterais esperados são basicamente locais, e geralmente são bem tolerados. A principal característica é a radiodermatite, que é uma reação inflamatória da pele em resposta à radiação. Isso causa vermelhidão, calor local e ocasionalmente descamação. Os sintomas seriam semelhantes às queimaduras de sol, quando a gente negligencia a proteção de bloqueadores solares e expõe a pele demasiadamente. O cansaço, traduzido em uma sensação de fadiga e fraqueza, será outro efeito esperado.

A vida deveria seguir a rotina mais normal possível. Atividades físicas leves, caso fossem possíveis, eram recomendadas. A alimentação deveria primar por alimentos orgânicos, livres de substâncias agrotóxicas. As farinhas brancas deveriam ser substituídas pelas integrais. As carnes poderiam ser consumidas, de preferência as cozidas, todavia é comum aos pacientes perderem a vontade de consumir proteína animal. O açúcar seria banido juntamente a alimentos industrializados. Enfim, a alimentação deveria ser a mais balanceada e natural possível.

Após a explanação da enfermeira, dirigiram-se à clínica de imagens contígua do local onde estavam. Feita a imagem tomográfica, foram pintadas duas cruzes na cor azul, uma bem no centro do tórax e outra em seu flanco direito. Essas marcações balizariam as aplicações de radioterapia. Pronto, agora era só aguardar o dia seguinte para enfrentar a nova rotina, o porvir ainda era uma incógnita insólita.

Saíram da clínica já passado do meio-dia, o estômago já reclamava em audíveis regougos. Aproveitaram a proximidade e foram à praça de alimentação de um shopping center. Saciaram sua necessidade fisiológica, em que o cérebro inundado de preocupações subjugou os reclames estomacais. Comeram muito pouco. Aproveitaram o ambiente para caminhar entre as lojas, tentando parar o martelo da ansiedade que golpeava sem parar sua mente. Ajudou, mas não o suficiente. Rapidamente retornaram ao apartamento.

Sentados sobre a cama, ambos olhando para o teto com o silêncio por parceiro. Não tinham coragem de iniciar o diálogo. Eram muitas dúvidas, muitas expectativas, muitas saudades, muitos medos. Tudo era superlativo. Era uma situação única, indescritível, mas que teriam que passar. Não seria fácil.

Pensavam conjuntamente, embora não trocassem uma palavra. O porquê disso tudo. Se tivessem duvidado da mamografia, ou duvidado mais enfaticamente da consulta. Se, se, se, o martírio da dúvida de como teria sido "se". Na realidade o que passou não voltara, cabe a nós apenas aprender com o passado, jamais vivê-lo novamente, tampouco conjecturar o presente baseado em um passado que não existiu. Vamos lembrar os estoicos que nos ensinam que tudo passará e prender-se a algo que há pouco tempo será esquecido é literalmente uma perda de tempo, por isso "carpe diem". Claro que a situação da doença não é algo que não seja marcante ou que seja algo corriqueiro, mas por mais insensível que possa parecer, vai passar. E se acaso vivermos chorando e refletindo sobre o que deveria ter sido feito para mudar a situação, perderemos o momento atual, não viveremos o "carpe diem", seja ele bom ou ruim. Resumo, perderemos a oportunidade para nos reinventar e aproveitar a vida como ela se coloca para nós.

A filosofia mental foi interrompida pela aguda saudade das crianças. A procura pelo aparelho celular foi frenética, no entanto não dispensou tanta energia assim, estava logo ali, sobre o móvel que era acessível da cama. Efetuaram a ligação pelo aplicativo de mensagens, só que utilizando o recurso de videochamada.

Como ficaram aos cuidados da irmã, era dela a conta acionada. Às vezes demorava tanto que a ligação não era completada. O hábito de olhar para o celular não a preocupava. Em diversos momentos foi necessário telefonar para a residência da irmã, no número fixo, para então ela atender a videochamada. Enquanto isso, o coração disparava dentro do peito esperando aquela imagem dos queridos puxar-lhe as rédeas e amansar o trote cardíaco. Mas nem sempre é assim, aliás foram frequentes as vezes em que após o trotar tranquilo durante a conversa, parecia que o indomável coração disparava, como um potro recém-domado, e a saudade explodia dentro do peito das crianças, e o pranto vazava incontido pelas angelicais faces. Era um momento de provar o amargor da distância, a impotência diante do inimigo que os separava. Era cruel estar tão longe e ao mesmo tempo próximo, ver aquelas sofridas imagens e não poder abraçar fortemente os filhos, ampará-los nesse momento confuso, tentar amenizar suas angústias com um carinhoso beijo. Foram ligações ambíguas, ora matavam a saudade, de vez em quando fomentavam a angústia.

A jornada estava somente começando e já mostrava uma de suas faces. O que viria a mais? Essa era a principal indagação que permeava seus pensamentos, a todo instante. A todo momento teimava com os estoicos, o "carpe diem" parecia uma utopia filosófica tão distante.

Chegava o dia da primeira sessão de radioterapia. Era uma quinta-feira. As marcações não a deixaram esquecer nem por um segundo a jornada que começara, e que o primeiro passo estava ali à sua frente. Marcado para o fim da tarde, o dia demorou a passar. Dirigiram-se à clínica, e aqueles poucos quilômetros se tornaram uma longa jornada, nunca o centro estava tão distante. Chegaram e deixaram seu veículo logo na entrada do local. Passaram de mãos dadas pela porta de vidro que dava acesso ao ambiente. Caminharam lentamente até a sala de espera que haviam conhecido anteriormente. Notaram a quantidade de pacientes que já aguardavam, e viram que não estavam sós. Aquela dura caminhada era o flagelo de inúmeras pessoas, que o estado saudável nos cega a enxergar.

Quando sucumbimos ao malévolo vilão, e começamos a ter acesso aos locais em que pessoas acometidas pelo mesmo mal frequentam em busca da tão esperada e sonhada cura, é que temos a real noção da quantidade de gente que sofre e luta contra esse facínora insensível que não seleciona suas vítimas. Somente no ano de 2018 foram registrados mais de 580 mil novos casos de câncer no Brasil, indiferenciado homens e mulheres, jovens ou adultos, novos ou velhos, ele incide impiedosamente sobre todos os sexos e idades. Claro que existem a falta de cuidados e grupos de riscos que maximizam o surgimento do inimigo. Mas independentemente disso, a vastidão de pessoas acometidas pela doença é bem preocupante. E só nos damos conta disso quando o problema chega ao nosso quintal. Perdemos a oportunidade de ajudar pessoas a transpor esse obstáculo difícil em suas vidas, perdemos tempo em ajudar pessoas a prevenir esse mal, enfim, perdemos uma grande oportunidade de praticar a caridade, apoiando e ajudando essas pessoas, e de aprender com elas, pois cada uma é uma lição inesquecível.

De repente seu nome é chamado. Uma porta se abre e ela adentra uma nova antessala que serve de preparação para chegada ao aparelho. "Paredes recheadas com chumbo", avisa o cartaz na parede. Relembrando que o tratamento não é brincadeira.

A enfermeira a conduzia pelo corredor, em cujo final existia uma prateleira com uma série de placas, de um material que parecia acrílico transparente, cada uma com um nome de seu paciente. Isso mesmo, cada um tinha sua placa que era colocada no aparelho de radiação e direcionava a incidências dos raios para os locais demarcados anteriormente. Muito sinistro. Isso sem dizer das máscaras usadas por pacientes com aplicação na região da cabeça. Tudo isso ia aumentando a ansiedade e o medo em relação ao procedimento. Entretanto, a ansiedade passou logo após os 15 minutos de procedimento. Não sentiu nada, parecia apenas a realização de um exame comum de raio-X. A posição, com os braços suspensos por tirar da cabeça, e a necessidade de não se mover lhe incomodaram mais do que a irradiação.

Aliviados, e de posse dos cremes dermatológicos que foram recomendados, voltaram para casa. Parecia que a tal radioterapia não seria aquele mostro imaginado. Entretanto, ainda era muito cedo para conclusões, seriam 30 sessões. Por mais que fossem todas iguais, o tempo seria um grande desafiador. A ausência do lar, a distância das crianças e o fantasma que nunca dava tréguas lembravam que seria um grande desafio transpor todas aquelas sessões.

De fato, a vida entre o ócio e as aplicações era o diretor a enredar um roteiro nada agradável. Os efeitos colaterais entrariam em cena. A fadiga iniciaria de leve, mas já denotando que chegaria e aumentaria sua intensidade com o tempo. A queimadura decorrente da irradiação daria seus primeiros sinais. Apesar de todo o cuidado com a pele, o uso frequente de compressa com erva cidreira, o uso de cremes de barreira, o dano na cútis na área da cirurgia seria inevitável.

Chegando ao fim da primeira semana, mesmo com apenas duas sessões, e com os sintomas iniciando levemente, e a saudade incessante a cutucar no peito, inevitavelmente programaram a ida para a serra. Seria a oportunidade de rever as crianças, desabafar com as irmãs, chorar no colo da mãe, sentir o abraço acolhedor do pai. E assim foi. Viajaram imediatamente após a aplicação. Aquele trajeto surrado em suas mentes, com cada curva gravada na vontade de logo chegar, passou como um raio. Logo estavam estacionando em sua garagem.

A alegria reluzia, os olhos brilhando faziam esquecer o tormento que estavam vivendo. O caloroso abraço dos filhos dizia que ali era o seu lugar. Foi um fim de semana especial. Pena que o que é bom dura pouco, segundo o adágio popular. Domingo chegou muito cedo, e a volta era inevitável. Aquela estrada conhecida já não estava tão aprazível assim.

Voltar ao cárcere do apartamento. Por mais que fosse necessário, por mais que o local fosse sua morada nos últimos meses, o contexto empurrava-lhe esse sentimento. A rotina extenuante de ficar à espera do tratamento era um castigo severo, e volta e meia era chicoteada pela atroz chibata da saudade.

No segundo fim de semana que estava em tratamento o peso das sessões da rádio mostrava sua força. O cansaço aumentava gradativamente e a radiação não perdoava sua pele. As queimaduras estavam aumentando em tamanho e intensidade, todos os cuidados, os cremes dermatológicos, as compressas de camomila não estancaram os efeitos sobre a cútis. Não fosse suficiente, a espera e a distância de casa faziam relembrar seu martírio, hora atrás de hora, chegando a causar-lhe um desconforto imenso ao passo de entrar em um ciclo vicioso de pensamentos que desvirtuavam os fatos reais. Potencializavam os aspectos negativos, colocavam em dúvidas seus sentimentos e os das pessoas ao seu redor. Estava ficando muito sensível. Sua potência do próprio ser, como diria Espinosa, variava dos extremos em questões de instantes. Vivia uma alegria senoide que ia da força buscando a felicidade naquele cenário ao total desânimo e medo que minavam a harmonia. Isso tudo era uma nuvem espessa e densa que volta e meia desvirtuava sua interpretação dos fatos e palavras levando-a de norte a sul imediatamente, e assim desorientando suas interações.

Era uma instabilidade que agora fazia parte de sua vida, e não agia somente sobre ela, mas estendia seus tentáculos sobre toda a família. Pensar e repensar o que dizer, como comentar, nem sempre era possível. As interlocuções são espontâneas, em sua maioria, e muitas vezes não se consegue medir, com a medida do outro, o que vai sair, e aí vem o ruído na comunicação. E nessa situação específica, a doença, ou melhor, o enredo por ela criado, tende a intensificar essa diferença no que se fala e no que se ouve, por isso a paciência e a autoanálise devem estar sempre em voga e ser realizadas frequentemente, por todos, paciente e familiares.

Sabemos que não se trata de algo tão fácil e simples assim, que possa ser diagnosticado e tratado em um parágrafo. Quando falamos de nossos sentimentos, a retórica mistura-se muito mais na vivência atual, sem muitas vezes dar chance ao contraponto. Em se tratando de um vilão como esse, sorrateiro, que se esconde nos momentos esperançosos, mas que dá um bote certeiro na autoestima quando se abaixa um pouquinho só a guarda, a de se ter extremo cuidado com as palavras e atitudes. Digo no sentido de revê-las e explicá-las, mesmo nos sendo óbvias, pois o véu escuro da doença tende a mascarar e desvirtuar a realidade percebida. E como somos sentimentos, acabamos por nos deixar abater nesses momentos sensíveis, é inevitável. Mas temos que ser audazes e transparentes para notar essas nuanças e trazer a harmonia de volta por meio do amor incondicional, que não espera nada em troca, e saber entender e perdoar, saber ser entendido e pedir perdão. Sinceridade, paciência e amor são as armas que todos temos, mas devemos estar dispostos a usá-las e, acima de tudo, usá-las da melhor forma possível.

Durante essas semanas, as saídas se resumiam ao trajeto clínica-apartamento. Raramente havia disposição para uma saída descontraída. Por recomendação, optaram pelo feitio de sua própria alimentação, sendo a mais natural possível, e isso, não desmerecendo a importância dessa prática, reduzia ainda mais as oportunidades para sair e tentar esquecer um pouco o que estava acontecendo. Mesmo sendo impossível não pensar naquilo tudo, ver novos ares, visitar lugares diferentes, amenizavam o pensamento e davam novos rumos momentâneos aos pensamentos.

Certo fim de semana receberam a visita dos filhos, que vieram com sua irmã para o litoral. Foi duplamente gratificante. Poupou o desgaste da viagem e ainda trouxe as peças que lhe amarguravam a saudade. As crianças eram um bálsamo para aquela mãe. Poder tocá-los, abraçá-los e beijar aquelas faces meigas que carregavam muito de si era uma dádiva inexplicável. A distância é cruel, mais cruel que o próprio tempo, pois para matar a saudade quando se está perto é bem mais simples do que quando a distância atrapalha.

Foi inteiramente reconfortante estar com eles naqueles minguados dias, que embora poucos, foram intensos. Saíram passear no shopping com uma alegria que há muito não se via. Brincaram, conversaram, riram juntos. Foi muito divertido, aqueles instantes mágicos transportavam a todos para um mundo antigo, em que a incerteza e as mazelas da doença sequer passavam pelo imaginário da família. Pareciam que estavam em um mundo tão distante, encantado, no qual as figuras formadas pelas nuvens traziam apenas as lembranças boas, em que a brisa suave ao tocar a face fazia cócegas que desabrochavam em riso largo e profundo, desenterrando os sonhos de crianças, em que viver em mundo de fadas fosse possível.

Mas mesmo as histórias mais lindas têm seu fim. Chegou o domingo, dia tão esperado para tantos, com tantos significados alegres. Para eles não era bem assim. O domingo tinha o gosto amargo da despedida, mesmo sabendo que era importante, a saudade já batia na porta do coração. E sem pedir licença invadia o âmago da família, apossava-se de suas almas e dava um tom melancólico já no amanhecer. Sabiam que em poucos momentos o carro ia afastar-se, deixando para trás a imagem pelo retrovisor de alguém que ficava. As lágrimas salobras temperariam o pranto sentido de quem voltava à dura realidade que não escolheram, uma realidade que simplesmente usurpou um lugar e tomou conta de suas vidas. Talvez seja um paradoxo que nunca seja explicado, talvez nas rebuscadas teorias filosóficas e psicológicas se encontre o aclaramento, mas nunca dentro de cada um dos seres que vivem esse sequestro. A distância do que era e do que agora é sempre será uma barreira à total felicidade e ao entendimento do que está acontecendo.

Acordaram cedo, mas a luz irradiante do sol não trazia o mesmo brilho que do fim de semana. Parecia mais um lembrete de que o difícil caminho deveria ser trilhado novamente. Dizia que sempre seria assim, um dia após o outro, com muitos significados diferentes e não raramente antagônicos. Mas esclarecia também que sempre haveria o sol para iluminar. Então é ir em frente. Sessão após sessão, foi na busca de um novo dia, quem sabe sem aquela rotina extenuante, que não só maltratava a pele no momento de cura, mas que acima de tudo cobrava um preço alto da alma.

Naqueles dias, ainda havia momentos em que a solidão total era enfrentada por alguns instantes. O marido ainda estava frequentando as aulas da pós e sua ausência era inevitável. Por mais que ele se ausentasse pelo menor tempo possível, aquelas horas solitárias faziam o abismo aumentar. Pensamentos mórbidos mesclados pela fé na passagem rápida do tempo assombravam a singularidade. Uma pessoa comunicativa, muito ativa, tende a não lidar muito bem com a solidão, que já é enfadonha até mesmo para os mais introspectivos, pense como era para ela. Em uma tentativa de compensação aos convites para participar de alguns eventos sociais, ele tentava mudar um pouco o clima de clausura em que viviam. Entretanto, ela não se sentia pronta para frequentar esses locais. A mudança do corpo e a confusão que virou sua mente a impediam de ter a liberdade de poder sair e se divertir. Estava realmente presa, sequestrada em um cárcere completamente intransponível ainda.

Mas houve uma trégua. O inimigo rendeu-se e permitiu que ela saísse do cativeiro e enfrentasse o primeiro desafio social. Era a formatura do marido no curso de pós-graduação. Seria uma solenidade importante, pois estariam presentes, além de seus colegas de turma, os tenentes coronéis do Corpo de Bombeiros Militar e Polícia Militar, e várias autoridades da segurança pública e da universidade. Embora não tenha sido assim tão fácil, após praticamente uma intimação, ela aceitou ir ao evento.

Então à noite daquela quinta-feira seguiram rumo ao centro administrativo, onde fica o teatro Pedro Ivo, palco da formatura do Caee (Curso de Altos Estudos Estratégicos). Chegaram e estacionaram o carro em uma vaga previamente reservada. Seguiram caminhando por poucos metros. Acima se ostentava um céu estrelado, pontilhando de brilhantes, o negro véu da noite, dava um ar de festa. No hall de entrada já estavam os militares com seus trajes de gala. E para não destoar do grupo, o marido também estirava sua túnica. A entrega dos diplomas, o discurso do orador, as palavras do paraninfo, uma formatura tradicional. Após a breve cerimônia, um coquetel para proporcionar a interação dos formandos com seus convidados. Apesar de não conhecer muitas pessoas, a noite foi agradável. Conheceu novas pessoas, por instantes deixou em segundo plano seus problemas e se descontraiu em saudáveis momentos. Digamos que já tiveram eventos mais alegres e espontâneos, mas diante de todo aquele drama que estavam vivendo, até que foi salutar e importante sua ida à formatura.

Apesar de não estar riscado na parede, a cada dia que se passava um risco transversal sobre o calendário era traçado. Lembram a figura emblemática dos filmes policiais em que o prisioneiro tinha marcado na parede de seu cárcere cada dia que via acabar, como que cada traço eternizado nas paredes úmidas da cela representasse uma cicatriz indelével em sua alma? Pois essa era a analogia que traduzia com mais sinceridade o sentimento de ver os dias terminarem. Embora as paredes do apartamento não se prestassem para isso, havia uma caderneta na qual era anotado cada dia, cada hora das sessões, fazendo a vez das paredes da prisão.

A cada lua que surgia emoldurando o lábaro era o anúncio de que o dia final estava mais próximo. Cada sexta-feira prenunciava uma semana a menos, e ainda um breve retorno ao que fora sua vida, mesmo que somente fosse uma ilusão. E assim transcorriam os dias. Foram longos dois meses, pareciam intermináveis os dias. Caprichosamente o relógio pendulava em um ritmo mais lento, fazendo as horas serem mais longas, e a reboque a ansiedade vinha como um tsunami, arrasando a esperança e a calma que outrora se buscava.

Mas, como já dito, o que é bom sempre acaba. O que é ruim também tem o mesmo destino. Não que o tratamento e as aplicações de radiação não tivessem um papel importante, diria até imprescindível; mas que não era nada agradável, não era. A tortura das sessões, lembrada a cada vez que a pele queimava e marcava fisicamente o corpo, açoitava a mente inquieta que tinha como pano de fundo um inimigo voraz, temido por todos, em que muitas vezes era até temeroso pronunciar o seu próprio nome. Câncer. Mas a convivência no cárcere, que ainda estava longe de acabar, tinha lhe mostrado que muito mais do que o som do nome, o maior perigo estava na ignorância do antagonista. Deixar passar e não agir logo está entre as principais derrocadas impostas pelo meliante.

Confiança, fé e persistência estavam no topo da lista das principais ações que se deve ter para enfrentar de igual para igual o oponente. Confiança no tratamento, acreditar que a inteligência humana é capaz de subjugar ao fim um inimigo tão poderoso. Fé em Deus, independentemente do nome que você dê a ele, pois a energia vital do universo que nos dá a vida está sempre ao nosso lado, basta permitirmos que faça sobre nós o bem que nos deseja. Persistência, pois o milagre está em acreditar que temos o nosso caminho, que muitas vezes não é reto e direto como imaginávamos.

E buscando justamente esse equilíbrio, foram buscar essa harmonização junto ao CAPC (Centro de Apoio ao Paciente com Câncer). Na última semana de irradiações, conseguiram passar pela triagem no Centro Espírita Nosso Lar em Forquilhinhas (bairro do município de São José, na grande Florianópolis), entidade mantenedora do CAPC que ficava no Ribeirão da Ilha (bairro de Florianópolis). Após a triagem em uma segunda-feira, na primeira hora, receberam a informação de que se iniciaria o tratamento espiritual e holístico já na tarde de terça-feira. Estavam empolgados, pois a energia que pairava sobre aquela casa espírita reluzia esperança, amor, fé e persistência, justamente o que estavam em busca para fortalecer ainda mais suas esperanças.

Então agendaram as aplicações de radioterapia para as manhãs daquela última semana, pois as tardes seriam dedicadas ao CAPC. Talvez muitas pessoas possam achar algo desesperador, algo que indica o fim da linha, quando a ciência não conseguiu alcançar a cura, então só resta o desespero e a crença de que algo transcendental aconteça para tirar o fim do roteiro. Pois bem, vamos lá.

"Por mais inconcebível que possa parecer ao nosso senso comum, nós estamos em todos os demais seres, que também estão em nós, de modo que a vida que cada um de nós vive não é somente uma porção da existência total, mas, em certo sentido, é o todo". Essas palavras foram ditas em 1967 pelo filósofo e físico austríaco Erwin Schrödinger. Ele nos remete ao questionamento de que estamos unidos em uma cadeia energética, embora ainda tenhamos o desconhecimento dessas energias, usamos nossa cética teoria de São Tomé, acreditando somente naquilo que já descobrimos, que já visualizamos, que somos capazes de explicar dentro de uma lógica cartesiana.

A grande resistência que temos aos métodos "não científicos" reside na visão ortodoxa de tratar o homem apenas como um amontoado de células, músculos e tecidos, que nada mais são do que uma ponte fisiológica para manter a parte física da existência. Devido ao nosso orgulho, nos consideramos acima de todo o conhecimento, nos afastamos de possibilidades que não sejam sacramentadas nos bancos acadêmicos. Einstein já argumentava que tudo aquilo que o homem ignora não existe para ele. Por isso o universo de cada um se resume ao tamanho de seu saber.

Desde a antiguidade, os gregos já acreditavam na interdependência do universo, ou seja, cada um tem uma função que irá influenciar na função do outro. Eles entendiam que a nossa responsabilidade com o universo é maior que a conosco mesmo. Somos complementares, e a nossa função irá influenciar para que a função do outro seja realizada. Isso corresponde analogamente aos ensinamentos budistas que pregam "que tudo o que existe, no céu e na terra, é uma joia redonda. Não há dentro nem fora. E nós somos a vida desta joia", conforme cita a Monja Coen ao lembrar do Monge Gensha Shibi.

As orações estão presentes praticamente em todas as culturas. A cultura ocidental tem na oração o pilar de seus cultos religiosos, é entendida como uma ligação com o divino. Analisando os ensinamentos repassados por séculos, nos ensinam que o criador, seja ele Deus ou o nome que você dê, habita em nós e nos forma como seres, enfim, temos o criador em nós. Em um ensaio simplista, podemos dizer que a oração proporciona uma expansão da consciência espiritual de quem ora, conectando-se com os outros seres, que também têm o criador dentro de si.

Para a doutrina espírita, Emanuel dita que "o corpo doente reflete o panorama interior do espírito enfermo" e "a saúde é a perfeita harmonia da alma, para obtenção da qual, muitas vezes, há a necessidade da contribuição das moléstias e deficiências transitórias da Terra". Somos seres energéticos e nossos pensamentos geram formas de energia que gravitam ao nosso redor. E dependendo do tipo e da intensidade dessas energias elas podem interferir na harmonia do corpo espiritual e traduzir-se em doenças no corpo físico. Portanto, a doença pode ser vista como uma oportunidade de transformação, servindo como um ponto de partida para a ressignificação de valores.

"Há um tempo em que é preciso abandonar as roupas usadas que já tem a forma do nosso corpo... e esquecer os nossos caminhos que nos levam sempre aos mesmos lugares... É tempo de travessia... e, se não ousarmos fazê-la, teremos ficado para sempre à margem de nós mesmos" (Fernando Teixeira de Andrade).

Essa reflexão é uma síntese baseada em um informativo do núcleo espírita Nosso Lar que nos ajuda a acusar ainda mais nossa curiosidade na busca da verdadeira saúde.

Os céticos que me desculpem, mas a oração é muito mais do que um monte de palavras ditas ao vento, ela representa nossa interconexão com o universo, com seres superiores que nossa parca evolução teima em ignorar. É como um átomo. Eu nunca o vi, mas sei que ele forma todas as coisas, eu acredito que essa estrutura esteja ali. Não preciso ver para saber que ela exista, da mesma forma que ela não deixará de existir pelo fato de eu não acreditar em sua existência. Assim é a fé que nos une com a espiritualidade.

Naquela manhã o sol nasceu mais radiante. Apesar do início do dia, às 6h, despertaram com uma disposição invejável. Aquele cansaço parecia que sumira como num passe de mágica. Dirigiram-se rapidamente para a clínica, e naquele horário o trânsito lhes permitia um deslocamento digno, em minutos chegaram e logo foram atendidos. Como já estava acostumada, aquela rotina já fazia parte de sua vida, entrou e recebeu a radiação. Não demoraram no procedimento. Imediatamente saíram na busca do Ribeirão da Ilha, local do CAPC. Com o auxílio da tecnologia, acionaram o GPS e foram em direção ao sul. O trânsito estava um pouco mais intenso. Passaram pelo túnel Antonieta de Barros, ingressando na Beira Mar Sul e por ali seguiram por alguns poucos quilômetros, quando chegaram ao ponto nevrálgico da mobilidade do sul da ilha, a obra do elevado do Rio Tavares. Naquele local voltaram à realidade do trânsito em Florianópolis, ficaram parados por quase uma hora. A essa altura a ansiedade já começava a mostrar suas matizes.

Passado o atrapalho da falta de mobilidade urbana, seguiram pela estrada que ligava ao Campeche e a outros bairros do sul, entre eles o procurado Ribeirão. A viagem foi agradável após o imbróglio inicial. Logo deixaram a via principal e rumaram por uma rodovia mais estreita e sinuosa, já dentro do bairro Ribeirão da Ilha. Mais adiante avistaram em seu flanco direito uma construção simples, porém chamava atenção pela localização, em um terreno no alto e bem declivoso, e por sua grande estrutura chegavam ao local tão esperado.

Deixaram o carro em um local destinado aos trabalhadores da casa, embora não tivesse nenhuma placa. Visualizaram uma porta e dirigiram-se a ela, onde foram atendidos por uma senhora, que de forma muito simpática indicava o local de acesso para os pacientes. Então ela subiu uma rampa na lateral no prédio e entrou numa grande viagem. O marido retornou para o apartamento e aguardou o fim da tarde para ir buscá-la.

Ao passar pelo marco de entrada, já sentira a atmosfera positiva. Uma equipe em que todos estavam vestidos de branco e acolhiam todos os pacientes de forma carinhosamente humana, transmitindo a todos uma certeza empolgante, uma fé sentida além dos limites do corpo. Sentaram-se em um pequeno auditório com cadeiras de plástico brancas, onde a simplicidade diminuía em nada a energia positiva que emanava de todos os cantos do ambiente. E foi ali que receberam as orientações de como seria seu período naquele Lar, compartilhado por pessoas de várias localidades e mantido e operado por milhares de voluntários.

Aqui já começava a lição. Voluntariado. Conjunto daqueles que se dedicam a uma atividade por vontade própria, sem pretender qualquer remuneração ou ganho material. Um centro daquela magnitude, com centenas de pacientes, recebendo atenção, amor, também coisas materiais como os lanches, chás e cafés, operado somente por voluntários, por si só traz a reflexão sem nada dizer. As mãos que trabalham são mais sagradas que as bocas que somente oram, diria Madre Tereza de Calcutá, agulhando a nossa percepção de fé, perseverança e amor ao próximo. Ali está o verdadeiro chamado de São Tiago, "Porque, assim como o corpo sem o espírito está morto, assim também a fé sem obras é morta".

Após essa, digamos, iniciação, foram divididos em grupos, separados por sexo, que receberiam o tratamento em seus respectivos quartos. A cela era simples, mas comportava os quatro leitos. Tudo bem arrumadinho, sem exageros, mas com muito asseio. Com ela ficaram mais quatro pacientes, sendo que apenas uma tinha idade superior à sua. O local era semelhante a um hospital convencional. Havia um leito para cada paciente, delicadamente arrumado com lençóis e travesseiros brancos. Tudo estava arrumado e límpido, limpeza que transcendia ao que os olhos viam e o olfato sentia, a pureza espiritual era marcante.

Aqueles momentos foram incríveis. Receber energia restauradora por meio de várias técnicas alternativas, enchendo o ser de esperança e bem-estar, era uma experiência encantadora. Além do tratamento propriamente dito, a interação com as colegas de quarto tornava-se algo engrandecedor. Trocar histórias com pessoas até então desconhecidas, que se tornariam grande amigas, apesar do breve tempo em que compartilhariam a presença uma da outra, era uma terapia ímpar. Servia para sorrir e chorar juntas, ver que existem casos muito mais graves, que mesmo nessa condição serviríamos de apoio, transmitindo força e fé na cura. Está bem provado que o bem-estar mental interfere nos tratamentos convencionais, embora com resistência, há uma anuência reclusa na classe científica que ratifica a importância do dueto corpo e alma.

Afinal, como o poeta romano Jovenal eternizou, *"Mens sana in corpore sano"*, mente sã em um corpo são. Isso está ligado intimamente ao conceito de psicossomática, que é a ciência multidisciplinar que estuda as interações dos fatores sociais e psicológicos sobre os processos orgânicos do nosso corpo. Ou seja, nosso espírito, ou mente, como preferirem, influencia no funcionamento do nosso corpo, fortalecendo-o ou permitindo que disfunções nos abatam com mais facilidade.

Ao fim do dia, seu marido esperava ansioso sua saída, e sua ansiedade foi dissipada pelo semblante sereno e tranquilo que viu no rosto de sua amada. Estava radiante, falou durante todo o trajeto até o apartamento sobre as maravilhosas horas em que esteve naquele centro. Relatava da paz de espírito que reinava no ambiente e que transcendia os portais do local, era uma dádiva que ela levava consigo. E de certa forma, transferia para quem estava consigo, pois o companheiro ficou extasiado ante a descrição do que ela descrevia e, também, recebia essa carga de energia positiva. Ambos chegaram em casa ansiosos pelo dia seguinte, parece que aquela rotina estafante, que já estava em ponto de repugna, ganhou um novo significado. Dormiram como há muito tempo não acontecia.

Mal raiou o sol e já estavam remexendo na cama prontos para iniciarem o dia com uma disposição invejável. Em poucos instantes estavam em pé, rapidamente praticaram seus hábitos de asseio matinal, prepararam um rápido desjejum. Estavam prontos. Desceram à garagem, entraram alegres no carro, sintonizaram o rádio em uma FM qualquer e seguiram rumo à penúltima sessão de rádio. A alegria se somava ao fim do tratamento e à possibilidade de experimentar novamente a aprazibilidade do CAPC.

Estacionaram no pátio da clínica, como costume. Entraram, e foram recebidos com costumaz carisma. Entrou para a terapia, como se não houvesse passado nenhum minuto de sua chegada, a ansiedade estava acelerando o tempo. E da mesma forma que entrou, saiu, como se fosse em um piscar de olhos.

— Vamos! – disse como se o dia estivesse começando ali.

Prontamente dirigiram-se ao veículo e rumaram em direção ao sul da ilha. Enfrentaram o trânsito complicado, como sempre, passaram pelo ponto nevrálgico antes do fechamento do fluxo. Seguiram observando a paisagem, os terrenos e as casas mostravam-se mais iluminados, transmitiam alegria aos olhos dos viajantes. Influência da vontade imanente para desfrutar novamente daqueles instantes mágicos que o CAPC proporcionava. Dessa vez ainda com um diferencial, haveria a pernoite naquele lugar maravilhoso.

Avistaram no alto do terreno o nosocômio místico. Parecia uma estrela reluzente emanando paz e tranquilidade ao mesmo tempo que chamava por seus pacientes, assim como uma mãe de braços abertos para proteger sua cria sob o escudo de um abraço. E assim foi. Ao entrar para o atendimento, sentiu um acolhimento excepcional, sentiu-se filha do universo sob o olhar atencioso do pai, que nada deixa escapar e acode a cada chamado dos seus.

Iniciaram, como no dia anterior, recepção que dava um real significado ao verbo acolher. Foram horas agradabilíssimas passadas durante as técnicas ditas alternativas. Todas essas experiências foram marcantes, cada vez mais sentidas, devido ao grau de entrega e concentração em busca da cura. Tudo isso regado com muito amor e fé. Essa mesma fé fazia com que a interação no grupo fosse mais sincera e harmônica, ajudando tanto quem contava suas angústias como quem as ouvia. Era uma troca constante, um exercício contínuo da empatia, talvez a virtude mais humanizada de todas. Saber colocar-se no lugar do outro, sentir suas dores e angústias, fazia de todos seres mais humanos, mais espiritualizados, capazes de enxergar sua trajetória por um prisma nunca antes pensado.

Ela e suas colegas de quarto estavam extasiadas com aquela oportunidade, passar por todas as terapias foi um alento à alma e ao corpo, ambos atormentados pelo carrasco câncer. Porém, não imaginavam a apoteótica finalização que lhes aguardava. Pouco após o término das atividades, um pouco adiante do início da noite, todos os pacientes foram convidados a sair de seus aposentos e dirigir-se ao auditório. Assim fizeram. No entanto, ao chegarem e se aproximarem do local, viram que as luzes estavam apagadas e somente uma penumbra luminosa denunciava algo diferente. De repente o silêncio quebrou-se ao som da música Tocando Em Frente, entoada por todos os trabalhadores voluntários do centro que estavam com velas acesas nas mãos, a única fonte luminosa, pelo menos visível.

Ando devagar
Porque já tive pressa
E levo esse sorriso
Porque já chorei demais

O SEQUESTRO DE MARIA

Hoje me sinto mais forte
Mais feliz, quem sabe
Só levo a certeza
De que muito pouco sei
Ou nada sei
Conhecer as manhas
E as manhãs
O sabor das massas
E das maçãs
É preciso amor
Pra poder pulsar
É preciso paz pra poder sorrir
É preciso a chuva para florir
Penso que cumprir a vida
Seja simplesmente
Compreender a marcha
E ir tocando em frente
Como um velho boiadeiro
Levando a boiada
Eu vou tocando os dias
Pela longa estrada, eu vou
Estrada eu sou
Conhecer as manhas
E as manhãs
O sabor das massas
E das maçãs

> É preciso amor
> Pra poder pulsar
> É preciso paz pra poder sorrir
> É preciso a chuva para florir
> Todo mundo ama um dia
> Todo mundo chora
> Um dia a gente chega
> E no outro vai embora
> [...]
> (Almir Sater)

Aquele momento foi surreal, parecia o caminho do paraíso. A paz e a cumplicidade entre todos eram tão marcantes que os fez sentir realmente irmãos. Não importava mais seus laços de sangue, sua origem, seus problemas. Eram apenas seres humanos da família terra, que estavam unidos em pensamento e fé, compartilhavam aquele momento único que os levava à certeza de que um mundo muito maior estava à sua espera, para uns mais cedo, para outros demoraria um pouco mais, mas todos se reencontrariam em um plano mais iluminado e mais puro, em que a verdadeira essência do amor ao próximo seria a práxis.

Não houve uma viva alma que não se emocionou. Até mesmo os trabalhadores que já passaram por aquele ritual não contiveram as lágrimas que vertiam inocentes sobre as faces extasiadas de quem ali estava. Era sentida a energia que descia sobre os participantes, reabastecendo sua capacidade de acreditar que algo maior está velando por cada um de nós. Pensar que a vida é para ser vivida a cada instante, como nos diz o saudoso poeta e payador gaúcho Jayme Caetano Braun:

Guardar dias pro futuro
É sempre a grande tolice
O juro é sempre a velhice
E de que adiante este juro
Se ao índio mais queixo duro
O tempo amansa no assédio
Gastar é o melhor remédio
No repecho e na descida
Porque na conta da vida
Não adianta saldo médio!

Terminado aquele místico momento, dirigiram-se aos quartos para pernoitar como nunca antes fizeram. Havia pairando sobre cada um uma aura mágica, encantada no sentido de ser assistida e energizada por uma força superior que lhes queria bem, um amor tão puro e verdadeiro que seria impossível tentar descrever. Deixo pela imaginação de cada um, pois depende de sua percepção da simplicidade da vida que remete ao verdadeiro sentido da vida e à força criadora de tudo. Agradecimento, a palavra que encerrava as atividades do dia.

Ainda naquela noite foi possível trocar as últimas conversas com as colegas de quarto, e graças à tecnologia se manteriam ligadas para sempre. Essas são algumas das dádivas da tecnologia, conseguir unir as pessoas distantes, somente temos que cuidar para que ela não nos distancie das pessoas próximas. Dormiram. Viajaram nesse sono pelo universo, recebendo as energias do cosmos e dos irmãos iluminados que acompanhavam toda aquela saga.

Na manhã seguinte haveria uma palestra para os familiares. Todavia, devido ao horário da última sessão da radioterapia, eles não puderam participar. Bem cedo o marido já a aguardava no auditório, aonde logo chegou. Saiu mais cedo que suas colegas, mas o compromisso médico justificava a antecipação. Seus olhos estavam cintilantes, como há muito tempo não se anunciavam. O semblante radiante denunciava quão bons e proveitosos foram aqueles instantes, e isso logo foi percebido pelo companheiro, que também aproveitou e se reabasteceu de esperança.

Chegaram à clínica. Dessa vez deixaram o carro em uma vaga na praça em frente à clínica, o estacionamento estava lotado. Caminharam alegremente aqueles poucos metros com o intuito de findar aquele tratamento, que embora necessário fora desgastante e penoso. Adentraram a clínica de forma única, torcendo para ser a última experiência naquele local. A recepção fora diferente, um tom de nostalgia marcava o tom das sintáticas enfermeiras. Como sempre, foi rapidamente atendida e logo estava dispensada. Após uma breve despedida, em que ganhou uma rosa decorativa representando o fim do tratamento, saiu por aquela porta de vidro esperando nunca mais voltar.

Caminharam de volta ao veículo, mas antes, uma parada na antiga igrejinha que existia na praça. Suas paredes seculares, a arquitetura simples, a única nave com o pé direito altíssimo, foi o local adequado para agradecer ao nosso Pai pela força e pela possibilidade de poder estar encerrando aquela jornada. Estava em suas orações o agradecimento a nossa querida e cuidadosa mãe, uma Ave Maria sentida e sincera se entoava nos recantos de sua mente como um sino que quebrava o silêncio da incerteza e indicava que a fé vencera e o amor superava os primeiros obstáculos.

— Muito obrigado, meu Deus! – ecoava no silêncio o agradecimento de ambos.

Ligada a ignição, dirigiram-se rapidamente ao apartamento para buscar suas bagagens e seguirem o mais rápido de volta ao aconchego de sua terra natal. No caminho aproveitaram para comprar um sanduíche, que lhes serviria de almoço. Perder tempo com uma refeição mais elaborada, mesmo que em um restaurante, não fazia parte dos planos.

Já no apartamento, arrumaram suas coisas, devoraram o lanche. Em estado de prontidão, desceram as bagagens, ajeitaram-nas no bagageiro da camionete, ocuparam seus lugares e partiram felizes em direção oeste.

Foi uma viagem tranquila. Depois daquela experiência espiritual, o fim do tratamento, fizeram com que aquele caminho tão batido que já estava se tornando um símbolo torturante voltasse a ser apenas uma estrada. O tempo passava normalmente, parece que a ansiedade, apesar de presente, não se fazia sentir como outrora. A cada curva, cada aclive, as árvores na beira da rodovia eram observadas atentamente como um desafio que lhes fora imposto e que venceram. Lages os aguardava.

Não sabia ela que seu marido havia combinado com sua grande amiga para prepararem uma recepção entusiasmante. Estava tudo preparado para que, quando de sua chegada, recebesse um susto, uma boa surpresa. Queria ele que ela nunca esquecesse que havia muitas pessoas que, embora não sentissem o que ela sentia, estavam solidárias e de mão dadas nessa longa e desgastante caminhada. Qualquer um dividiria fisicamente sua dor, se isso fosse possível.

Chegando próximo à cidade, ela sugeriu que passassem na casa de sua irmã para buscarem as crianças que lá estavam. Porém, ele disfarçadamente envolveu-se na música que tocava no rádio e deixou passar a entrada.

— Nossa! Esqueci de entrar para ir na Nani! – falou o marido encenando uma cara de preocupado.

— Ora, agora vamos para casa e depois vamos lá! – ela respondeu com uma pequena inconformação.

O condutor deu uma risada de canto de boca, imperceptível para ela, mas muito significante para ele, que comemorava sua estratégia bem-sucedida. Seguiram em silêncio até deixarem a rodovia. Ao contornarem a rótula e entrarem na rua que dava destino à querida residência, ambos sentiram um alívio profundo. O fim daquela viagem selava um capítulo extenuante que agora terminava. Mesmo sabendo que a guerra não estava vencida, aquela batalha vencida era fundamental para a derrocada do inimigo.

Os solavancos e desníveis da rua de paralelepípedos onde moravam anunciavam a proximidade com o lar. Devido à sensibilidade da nossa heroína, o deslocamento de menos de 900m foi efetuado em uma velocidade bastante reduzida. Quando avistaram a casa, sentiram seus olhos brilharem e um agradecimento surgiu espontâneo. Posicionado o veículo na entrada da casa, ele acionou o controle que abria o portão, que lentamente ergueu-se, dando o acesso tão desejado.

— Nem acredito que chegamos! – disse ela aliviada – Pena que as crianças não estão! – complementou sentindo uma saudade inconformada dos filhos.

Desembarcaram dentro da garagem. Espreguiçaram-se antes de abrir a porta. Ele lentamente girou a chave e, empurrando a porta, deu acesso ao seu recanto. Solicitou que ela entrasse primeiro, e assim ela fez sem cerimônias. O escritório que antecedia a cozinha estava na penumbra. Mas isso não chamou sua atenção, pois a casa estava, de certa forma, abandonada. De repente, um som estridente quebra o silêncio e chama o olhar para a cozinha.

— Parabéns pra você! Nesta data querida... – em coro quase todos os irmãos, sobrinhos, amigos e seus filhos que desejavam um bom retorno e davam-lhe as boas-vindas.

Foi uma cena antológica. Todos em torno da mesa, que representava o local de fartura e muita troca de diálogos, representava o local de união, de convergência da família e amigos. Agora convergiam energias positivas para encorajar nossa protagonista a seguir firme na luta contra a doença.

Primeiramente o olhar atônito. Não conseguia raciocinar diante daquela inimaginável surpresa. Seu marido sequer deixou escapar uma vírgula que pudesse antecipar o que estava sendo preparado sem sua ciência. Depois veio o choro copioso, mas extremamente agradecido, pela acolhida de todos, aquilo teria um significado muito especial na sua trajetória. Abraçou a todos, sem exceção. Foram longos afetos, apertados pela certeza da vitória. Vitória que não seria somente dela, mas de todos que ali estavam, pois não só se sentiam em família, mas viviam a família.

Lembrou-se da noite anterior, da música que tocava em segundo plano em sua mente, "hoje me sinto mais forte, mais feliz, quem sabe..."!

Era a força de que necessitava, era o calor que esperava, era o amor expresso em atos que lhe fez tão bem e reafirmou a certeza de que não estava sozinha nessa caminhada. Apesar de ser ela quem tivera sua vida sequestrada, de ser dela as dores que ninguém poderia sentir, ela percebeu que poderia compartilhar esses percalços com qualquer um daqueles que estavam ali e receberia o apoio necessário, o ombro amigo tão confortante nos momentos de tristeza, e a mão amiga sempre pronta a ajudar a levantar e seguir em frente.

Após o susto inicial, puderam conversar, rir, chorar e contar várias passagens do tratamento deliciando-se dos quitutes que todos prepararam para aquele momento especial. Foi muito saudável. Quem sabe tenha feito tanto efeito curativo quanto aquelas 30 sessões de radiação ante a felicidade e a capacidade de levantar o astral de nossa heroína. O amor cura!

Além disso, essas reflexões espontâneas nos fazem enxergar algo a que antes tínhamos miopia, ou mesmo orgulho. Tornam a gente mais acessível, mais sensível e, por que não dizer, mais sábios, pois retomam em segundos as nossas histórias projetadas por outro prisma. A vida é muito curta para dar o desfrute de perder tempo com picuinhas, pois o tempo não para e cada mágoa e ressentimento que temos guardados ocupam um espaço enorme que bem poderia ser usado para nossa felicidade. E esse momento trouxe consigo o poder do perdão, e ela limpou seu coração em relação a um ressentimento que incomodava muito. Estava em paz, mesmo com a doença no encalço, ela encontrou o caminho do perdão e da paz de espírito.

Enfim, repousou em seu leito, sua verdadeira cama, de que sentia saudades. Ao seu lado os filhos e o esposo querido. Dormiram aquela noite abraçados. Um ciclo se encerrava de uma forma esperançosa e inesquecível.

Capítulo 13

AS CHAGAS NO CÁRCERE

Já era início de dezembro. As propagandas sobre as festas de Natal e Ano Novo estavam bombando nos anúncios da TV e na internet. Todos os caminhos levam à festa mais família do ano, data que se comemora o início da família mais iluminada e importante deste mundo, e do outro também. O nascimento do homem mais humilde, sábio e caridoso que já pisou neste planeta, a pessoa que por sua grandeza dividiu a história, o pequeno nazareno que se fez grande com sua simplicidade e amor, ainda nos dias atuais nos ensina muita coisa.

Porém, o brilho dessa data estava ameaçado, pelo menos seria dividido pela ansiedade do tratamento mais temido, a quimioterapia. O início do tratamento ainda estava por ser definido pela equipe médica. Ainda restava uma ponta de esperança de que o protocolo de tratamento fosse alterado e que essa etapa fosse suprimida para que ela pudesse ser liberta. A espera pela consulta com o oncologista era a bola da vez. A ansiedade deslocava-se, agora passado todo o tormento da radioterapia, a consulta que demarcaria os próximos passos sacudia seus pensamentos.

A consulta marcada para a primeira semana do mês natalino se aproximou rapidamente. Não tão rápido como ela esperava, mas chegou a hora. Dirigiram-se à clínica, desta vez sentindo o ar mais fresco da serra, as ruas mais conhecidas e o caminho mais aprazível. O trânsito intenso e delirante da capital ficou para trás, o percurso duraria menos do que 15 minutos, uma das maravilhas do interior. Apesar de que o tráfego na cidade já havia aumentado um pouco, o volume de carros crescera, mas nada comparado ao caos de Florianópolis. O trajeto tranquilo, margeando o rio Carah, fazia do trajeto um passeio perto da loucura da beira-mar.

Ao longe, no fim de uma curva, avistaram a notável concha acústica da praça Joca Neves, anunciando que estavam quase lá, uma vez que a clínica ficava em frente a essa emblemática praça lajeana. Estacionaram no amplo estacionamento da clínica, e dirigiram-se ao atendimento. Como sempre, receberam uma acolhida simpática. Anunciaram sua vinda e prontamente a secretária já anotou e pediu para que aguardassem a chamada do doutor.

Por mais confortáveis aquelas poltronas, não conseguiram acomodar tranquilamente a paciente, que, aproveitando o trocadilho, estava impaciente. Aquela espera de minutos em sua mente durara horas até ouvir o chamado do médico.

Como sempre, o doutor veio recebê-los na sala de espera. Educadíssimo, ele os encaminhou ao consultório.

— Então, Dona Maria, como está? – simpaticamente, o médico iniciou o diálogo.

— Estou bem, dentro do possível, doutor! – respondeu ela não tão entusiasmada — Minha pele está extremamente queimada, isso está trazendo um desconforto muito grande!

— Infelizmente esse é um dos efeitos colaterais da radioterapia! Tentamos apenas minimizá-los com práticas terapêuticas e alguns medicamentos – o médico tentou contemporizar.

Em seguida pediu para examinar o local das irradiações. Prontamente ela dirigiu-se à maca que se localizava à sua retaguarda. E assim foi efetuado mais um exame do local, verificando que realmente havia uma grande área atingida pela radiação e que causara queimaduras na pele na região do tórax e axilas do lado direito.

— Infelizmente, Micheli, o efeito da radioterapia ainda tende a ser expandido e sentido por mais um mês – o doutor explicou de uma forma bem didática, mesmo não sendo o achatamento que esperava. — Mas agora temos que seguir em frente. Temos que planejar a próxima etapa, a quimioterapia – trazendo a prosa para sua seara, o doutor falou o que sabiam que iria acontecer, mesmo tendo a esperança de não ser preciso.

— Vamos lá! – respondeu nossa paciente com um certo desânimo no olhar.

— Pois bem, poderemos deixar o início para após as festas de fim de ano. Pois falta menos de um mês. O que me diz?

— Doutor, já que terei que enfrentar esta etapa, desejo que iniciemos o quanto antes. Preferia que já iniciássemos imediatamente! – incisivamente e decidida, ela impôs sua vontade ao médico.

— Então está bem. Eu vou calcular a dose e solicitar os medicamentos. Possivelmente serão 6 ciclos de aplicação com intervalos de 21 dias entre eles – o clínico explicou como se pretendia agir.

Não era uma notícia agradável, mas enfim, era preciso. Estava preparada para receber as instruções, todavia não conseguiu digerir de pronto. Seriam praticamente quatro meses de tratamento, um tempo relativamente longo diante da severidade da terapêutica. Sua vida entraria em um novo ciclo desconhecido, novamente a ansiedade afogava seu viver, o sonho de resgate de sua vida anterior seria adiado ainda mais.

— Tudo bem, doutor. Começamos na próxima semana? – a ânsia de logo começar, na esperança de logo acabar, instigou a paciente.

— Teremos que esperar a chegada do medicamento, isso levará alguns dias. Mas a nossa equipe entrará em contato contigo – respondeu calmamente nosso dedicado doutor.

— Doutor, mais uma pergunta – disse ela –, meus cabelos irão cair, eu sei, mas quando isso acontecerá?

— Bem, a tendência é começar a queda já a partir do segundo ciclo de aplicação – pesaroso, porém honesto e ético, respondeu o médico.

Nesse momento, apesar de ser um fato de que já tinha conhecimento, não conseguiu conter as lágrimas. Não há de se julgar, o cabelo é um símbolo da vaidade e asseio feminino. Está relacionado com a autoestima. Em pacientes que enfrentam essa doença, ainda mais quando houve a mutilação de sua feminilidade, a queda do cabelo é um golpe muito forte na autoestima. Claro que o cabelo voltará a crescer, mas aquele tempo sem a madeixa é tão desestruturante que precisa se ter uma atenção especial.

— Temos à sua disposição a touca térmica. Ela funciona esfriando bastante o couro cabeludo durante o tempo de aplicação dos medicamentos. Entretanto, por experiência própria aqui na clínica, apenas 10% das pacientes apresentam resultados satisfatórios em relação à queda capilar – disse o especialista tentando amenizar o sofrimento antecipado da paciente.

— Mas eu tenho fortes crises de enxaqueca, minha cabeça se mostra bastante sensível. Será que esse equipamento poderá desencadear dores de cabeça? – buscando esclarecimento para sua decisão, indagou a paciente.

— Justo. Esse é um fato a considerar. Se você tem essa patologia recorrente, e apresenta a região da cabeça com certa sensibilidade, existe sim a probabilidade de desencadear crises de enxaqueca – sinceramente respondeu a ela.

— Não tem sido fácil o tratamento até aqui, e sei que não o será adiante. Colocar mais dor no processo eu não quero. Não usarei a touca! – como uma verdadeira gladiadora, decidiu.

— Ainda, Maria, a radioterapia pode trazer uma dificuldade na aplicação do medicamento. Por ser intravenosa, a rádio pode ter ressecado um pouco seus vasos sanguíneos, talvez tenhamos que partir para o uso do port-a-cath, que é o cateter – ressalvou o especialista.

— Affeee... vamos lá, enfrentaremos o que for necessário! – em um ar de desânimo, respondeu ela sem deixar o horizonte de fortaleza de vista.

A vida faz conosco o que resolvemos fazer com aquilo que ela nos coloca à frente. Podemos ser heróis, ou convalescer no ostracismo da luta. Depende única e exclusivamente de nós. É claro que não estamos sós, somos seres sociais, e o ambiente ao nosso redor nos influenciará em muito no caminho que trilharemos, mas sempre o ultimato será nosso. Ela escolheu a luta, e tinha um exército ao seu lado, sua família, que lhe apoiaria e estaria ali, como uma fortaleza a lhe proteger. Seu fiel escudeiro, seu marido, marcharia sempre ao seu lado, dividindo o peso da espada e lhe oferecendo a guarida necessária quando o cansaço da batalha lhe pesasse sobre os ombros. E foi como soldados marchando para o fronte que deixaram o consultório.

Agora era preparar o espírito e esperar a ligação da clínica indicando o dia da primeira batalha. Os dias seriam longos até o tilintar do telefone anunciar que chegara a hora. Entretanto, ela decidiu antecipar os fatos e resolveu implantar o cateter antes de saber se seu sistema vascular aguentaria ou não o tratamento. Decisão acertada, pois nos exames iniciais, na retirada de uma pequena quantidade de sangue para análise, a dificuldade de encontrar uma veia que permitisse a retirada foi evidente.

Marcou consulta com o especialista, que prontamente agendou o procedimento. Seria um procedimento semiambulatorial a ser realizado em um hospital perto de sua casa. Após a rápida autorização do plano de saúde, o procedimento foi concretizado. Um belo presente de Natal. Um objeto estranho encalacrado em seu tórax. Aquilo que causara estranheza, que não pertencia à sua biologia, seria uma válvula que aliviaria os procedimentos vindouros.

Passada uma semana recebem um telefonema. Era o esperado diálogo. Entretanto, a informação que chegava adiaria um pouco o início do tratamento. Não era a notícia esperada, ou talvez inconscientemente fosse. Por mais curativa e necessária que fosse a escolha terapêutica, a rigidez e a força com que interagiria com o organismo causavam medo, atrasar seria uma dádiva. Em contraponto, o fantasma da recidiva e da metástase era relembrado pelo inimigo a cada instante. Estavam sempre entre a cruz e a caldeirinha.

A informação era de que devido à logística de transporte do medicamento, este não havia chegado e que provavelmente, devido ao grande volume de transportes na época natalina, o fármaco não viria em tempo de iniciar o tratamento antes do Natal. Dessa forma, deixaram ajustado para que o início se desse após as festas de fim de ano. Talvez não fosse o que esperavam, mas com toda certeza ajudou por dar um descanso maior ao corpo, cansado da radioterapia, e proporcionar um pouco mais de qualidade nas comemorações natalinas daquele ano.

A ansiedade duraria mais um tempo, mas o Natal e toda sua energia ajudariam a transpor esse sentimento. A festa mais importante para os cristãos sempre fora muito comemorada por eles. A simbologia que se materializava em ações e orações trazia para os dias atuais os ensinamentos do grande mestre Jesus, que há mais de dois mil anos mudara o rumo da humanidade. E seu legado era buscado por toda aquela família. Rever seus atos, ponderar seus pensamentos, abrir-se ao perdão e entregar-se à caridade eram buscas em destaque nessa época, sempre com a meta de estender ao ano novo que logo se apresentaria.

Pensara em fazer a festa natalícia em sua residência, porém devido à correria que foi o retorno para Lages, e aos efeitos colaterais da radioterapia, teve que suspender sua intenção. Era uma pena, pois gostavam de receber os familiares em seu lar para poderem conversar e interagir de uma forma bastante humilde e sincera, gostavam de exercitar a dádiva de comemorar em família, algo cada vez mais raro nos tempos atuais. Mas como nem sempre podemos fazer da forma como queremos, o encontro festivo ficaria a cargo de sua prima. Estava transferido para o sítio localizado no interior.

As ruas da cidade estavam todas decoradas. Luzes e guirlandas combinavam com os anjos dando o tom especial aos adereços que adornavam os postes e árvores da região central. Então é Natal. Uma trégua na luta se abriu com o atraso do medicamento, e com o clima festivo, veio muito bem a calhar. Talvez por alguns instantes o espírito de paz e harmonia invadisse sua alma, fazendo-a colocar o que estava passando em segundo plano. Esse é o poder da fé. Nessa época abandonamos nossos sentimentos menos, digamos, positivos e nos deixamos contagiar com as boas energias, que devido à comoção social reverberam com mais intensidade. Claro que desvirtuamos muito essa data, o apelo comercial vem a cada ano sufocando a verdadeira tradição e o puro significado do Natal.

No caso específico de nossa protagonista, essa época era vista de forma tradicional, e buscava-se justamente resgatar os momentos de oração e reflexão, almejando uma autoanálise sincera. Não alardeava ladainhas decoradas e ditas ao vento tentando enganar a si mesmo. A busca pelo verdadeiro legado de Cristo vai muito além do que palavras e práticas ortodoxas vazias.

Claro que essas atitudes, quando trazidas ao cerne do ser, levam indubitavelmente a reflexão de nossas condutas. Pois para quem crê em um ser superior onipotente e onipresente há de concordar com o apostolo João quando nos ensina que esse ser superior, para alguns nosso Deus, dirá: "Eu conheço as tuas obras, e nem és frio e nem quente, quem dera fosse quente ou frio!" (Apocalipse 3, 15).

Sair de cima do muro, ou caminhamos em direção ao crescimento espiritual ou deixamos nos enganar com falácias e desculpas esfarrapadas para largar a nossa zona de conforto e partir para a mudança. Esse é um dos ensinamentos do Natal, que narra o nascimento dessa certeza de evolução, por meio do exemplo vivo que foi o mestre Jesus.

Ela acreditava que não devíamos nos entregar às incertezas e às mazelas de nossas fraquezas humanas, devíamos lutar, buscar o melhor de nós para poder compartilhar com todos à nossa volta. A caridade era o caminho, a começar sendo caridoso consigo mesmo, entendendo os nossos deslizes e nossa astenia, para poder ver isso no outro e entendê-lo, e perdoá-lo. É preciso movimento, fé e coragem. E o Natal era fonte dessa fé e dessa coragem que será ação, movimento, livrando-nos do que João relatou: "Assim, porque és morno, e nem és frio nem quente, vomitar-te-ei da minha boca" (Apocalipse 3, 16).

E assim ela revigorou-se e buscou a preparação para enfrentar a nova luta. Algo desconhecido, mas muito comentado como algo terrível, desolador. Não tinha certeza do que viria, mas tinha a certeza de que enfrentaria de cabeça erguida e encontraria a força necessária para superar qualquer desafio. Não seria fria, tampouco morna, partiria aquecida pela fé!

Na véspera de Natal, dirigiram-se à propriedade de sua prima, que ficava a alguns quilômetros da sede da cidade. Embarcaram no carro com a alegria contagiante, cada um em seu lugar de costume, e seguiram para a festa. Já era passado das 19h quando deixaram a rodovia e entraram na estrada de terra. Ali as lembranças afloraram, ela se lembrou de sua infância, das brincadeiras inocentes no pátio da igrejinha local, lembrou-se de seus avós, a quem chamava de nonos, lembrou-se das idas à casa da tia, montada em seu cavalo petiço. A nostalgia percorreu os minutos até a chegada na propriedade de sua prima.

Deixaram a estrada principal em uma entrada cercada por grandes eucaliptos, parecia um portal que levava para outra dimensão. A porteira de madeira dava autenticidade ao local, e ao transpassá-la já se avistava a casa de madeira ladeada por jardins bem cuidados. Pareado estava o galpão, misto em alvenaria e madeira, todo decorado de forma rústica que agora ganha o brilho de luzes e velas decorativas. Os festões e os enfeites temáticos completavam o cenário daquela noite, em que não poderia faltar a figura do Papai Noel, que parecia dar boas-vindas logo no portão de acesso.

Foram recepcionados pelos anfitriões, como sempre muito carinhosos e atenciosos. Dividiram o afeto e, também, os ingredientes que trouxeram para contribuir com a festa. Logo os demais convidados foram chegando e completando o evento familiar. Falaram muito aquela noite, foram muitas conversas alegres, descontraídas, muitas lembranças saudosas, alguns momentos de tristeza que logo eram superados por novas histórias, afinal, era Natal.

Após o farto jantar, antes mesmo do virar do relógio, já estavam em direção à residência de seus pais, onde passariam a noite e aproveitariam o dia 25. Não demorou para estarem estacionando em frente ao local em que vira seus dias crescerem. Ajeitaram-se em seus leitos onde descansaram suavemente.

O amanhecer no sítio tem outro tipo, diferente da loucura da cidade, o campo nos traz de volta a simbiose com a natureza. O sol refletindo na névoa úmida que emerge do mato provoca um efeito extraordinário, sensibilizando nossa retina de forma sem igual. O cantar dos pássaros prenunciando o alvorecer logo ganha o dueto do galizé, uma verdadeira sinfonia, que ganha corpo com o som grave dos mugidos do gado. O companheiro de todas as lidas acoa e ganiça em apoio ao recolher das vacas do leite, que adentram o galpão já sabendo seu lugar. O som inconfundível do leite sendo exprimido das úberes fartas caindo em jorros espumantes na vasilha do ordenhador. A simplicidade da vida campestre reaviva a alma e nos faz sentir parte do universo, não como os senhores do mundo, mas como um pequeno acorde que compõe uma infinita partitura, cujo maestro é o grande arquiteto do universo.

A brisa matinal adentrava os pulmões como um jato esterilizante, limpando o organismo com a pureza da aragem do campo. O cheiro da fumaça do fogão prenuncia que já estava passada a hora de se levantar. Prontamente todos se preparam para o rito indispensável de sorver a infusão secular, preparada pelo patrão. Em roda de chimarrão se começava o dia em família. Após generosas rodadas do mate amargo que sempre vinham regadas de uma boa prosa, sentavam-se à farta mesa da cozinha para terem seu jejum quebrado. Era bolinho de coalhada, assado no forno até ficar oveiro, pão sovado, pão de milho, bolo frito, ou, se preferirem, bolo de chuva com açúcar e canela, a lajeara bijajica, salame crioulo, queijo serrano, uma fartura de chimias e doces caseiros, mel, enfim, era uma dádiva que ajudava a lembrar que eram privilegiados e deveriam agradecer a cada instante pela oportunidade do pão à mesa.

Aquele lugar era realmente mágico para ela, não só pelas lembranças que estavam indelevelmente gravadas em seu ser, não só por ser ali que seu bisavô viveu, mas por ter uma ligação transcendental que a alimentava de energia restauradora. Talvez o costume serrano tenha lá seu sortilégio, seu umbigo estava enterrado na mangueira, fazendo um laço inexplicável pelo chão nato.

Mas como estava no dia do Natal, a fartura iniciada no café se estendia pelo dia. Já estavam no fogo de aroeira e vermelhinho, que começava a formar o brasedo, generosas porções de carnes transpassadas por espetos de madeira, ao velho estilo campeiro. Para o tempero da pecuária, nada de sofisticado, sal grosso e nada mais. Na cozinha as mulheres preparavam as batatas, não poderia faltar a maionese. A Nona, inquieta como sempre, rondava sua lavoura à busca de verduras que dariam um frescor ao banquete. Havia também no cardápio a ave natalina que simbolizava a data especial.

– Meu Deus! Como sou feliz aqui! – alegrava-se diante daquela felicidade que era muito mais pelo entrevero no preparo dos pratos do que propriamente pela fartura.

Parece que aquele encontro familiar, nessa data tão significativa, lhe devolvera a vida que há muito estava sequestrada. Liberta sentia-se diante de tanta risada, do pouco caso das histórias engraças que surgiam, da correria no preparo da comida, das brigas por qual tempero usar. Estava tudo perfeito, não fosse a nuvem negra que espreitava atrás do monte na intensão de viração. Ela sabia, tentava esquecer o carrasco, mas não conseguia, ele estava impregnado em sua mente e tatuado em seu corpo, como um raio que despeja sua fúria em uma araucária, que mesmo não morrendo fica com a marca para sempre. Volta e meia ele surgia como a barra de chuva que arma no horizonte, estridente com seus coriscos e trovões. A tormenta não está aqui, mas vai chegar.

Na hora do almoço, todos foram chamados ao redor da mesa. Antes de se servirem, o anfitrião e patrono da família convidou a todos para orarem em agradecimento ao momento sublime de que desfrutavam. Nesse momento também invocaram as bênçãos divinas para o auxílio de nossa personagem. Então seu irmão mais velho conduziu a prece, e foi inevitável a comoção de todos. Lágrimas pesarosas caíam em silêncio indicando o carinho e a preocupação que ela despertava em todos. Mas logo após aquele momento de fé, a alegria voltava incentivada pelo espírito do Natal.

E assim foi o dia. Ainda teve sobremesas diversas, café da tarde mais rechonchudo que o dejejum, e para arrematar uma sopa de agnoline entremeada do requento do almoço, pois o desperdício não combinava com o momento, afinal seria como tripudiar de quem não teve o mesmo provimento.

Exausta, já no meio da noite, rendeu-se ao galanteio de Morfeo. Repousou seu corpo sobre o leito macio e deixou que o sono lhe possuísse. Como foi bom aquele Natal. Mesmo com toda a situação que vivenciava, mesmo com a incerteza do tratamento, mesmo com a ablação, a sapiência adquirida pela dor da doença lhe fazia saborear cada momento como se fosse único, e de fato é, mas teimamos em não enxergar isso.

A semana curta que precedeu o feriado trouxe consigo a confirmação para a largada do tratamento. Apesar de ter apenas três dias úteis, já foi o suficiente para marcar a primeira aplicação para o dia seguinte ao início do ano. Dia 2 de janeiro de 2019 ela seria apresentada ao famigerado tratamento quimioterápico.

Aquela notícia apenas selou o inevitável, já estava preparada, ao menos pensava assim, para iniciar as práticas terapêuticas indicadas pelo especialista.

A noite da passagem de ano seria comemorada em sua residência. Isso contribuiu para que a ansiedade dominasse. Os preparativos para a festa deslocaram suas preocupações, fazendo com que a semana passasse mais leve. Mesmo sendo algo bem simples, a reunião prevista despencou um certo esmero na organização, pois receberiam alguns familiares e amigos para festejarem o fechamento do ano, esperançosos por melhores dias no ciclo que se iniciaria.

Aquele réveillon seria especial. Como o próprio significado original da comemoração da data, em que os romanos antigos dedicavam esse dia ao deus Jano, ser supremo que possui duas faces, uma voltada para o passado e outra voltada para o futuro. De seu nome deriva o verbete do primeiro mês do ano, janeiro, *januariu* em latim. Ele representava o dualismo dos ciclos, o início e o fim, ou seja, nossa vida é repleta de etapas que se iniciam e terminam, dando origem a outras e assim sucessivamente. Jano era o deus que velava por todos os recomeços. Mas como em sua representação, com duas faces opostas, uma olhando para o futuro e outra voltada ao passado, nos ensina que não devemos nos prender ao passado, tampouco esperar pelo futuro, mas sim fazer do presente uma análise do que passamos para proporcionar dias mais plenos na construção do porvir.

Era justamente isso que buscava. Um novo ciclo que não estaria preso ao passado, mas que certamente seria vivido com as considerações já aprendidas. Olhando o futuro com os ensinamentos aprendidos no passado para fazer do presente um momento real e pleno. O legado de Jano não é tão simples, não raramente nos vemos presos a mágoas passadas que nos impedem a plenitude, ou então atrelados ao medo do desconhecido que virá. Viver o começo de cada ciclo, viver o presente, é uma meta a ser buscada.

Cinco, quatro, três, dois... um! Feliz ano novo, adeus ano velho! Que tudo se realize no ano que vai nascer...

O som dos fogos de artifícios e os estampidos das rolhas dos espumantes desprendendo-se dos gargalos das garrafas mostravam a práxis da festa. Comemoraram com os familiares e amigos presentes naquela simbologia marcante. Abraçaram-se, desejaram felicidades, prosperidade, amor. Mas o desejo que dominou a noite foi a saúde. Apesar de toda a alegria e o êxtase da virada, a sombra do inimigo rondava a felicidade de todos. Qualquer um do clã convalescente influenciava os demais, então naquele momento desejoso o que mais se queria era o restabelecimento da saúde de nossa heroína. Mais além, ela dentro de seu âmago, ainda pedia pela devolução de sua vida. Embora o coração pulsasse e o sangue irrigasse todo o seu corpo, sua vida não era mais a mesma. Queria seu corpo de volta, queria sua alegria de volta, queria sua sensualidade de volta, enfim, queria voltar a ser o que era antes.

Na véspera do início do tratamento, foram se energizar no seu recanto. Foi buscar junto à natureza a força de que precisava, e nem imaginava que se iniciaria uma batalha hercúlea. A paz do local, os sons da natureza, os odores da terra penetravam em suas narinas e percorriam todo o seu ser. Não só o corpo físico recebia a dádiva da natureza, mas também seu espírito era abastecido da energia vital que exalava da simplicidade complexa dos seres da natureza. O dia foi tranquilo, houve muita conversa, muita risada, muitas lembranças que ajudaram o tempo a não ser sentido. Quando se deram conta o sol já descansava na barra do horizonte, trazendo uma linda pintura de seus raios entremeados, as nuvens acinzentadas contrastando com o semblante das montanhas cobertas pela mata. Era hora de voltar para casa.

Aquela noite não seria uma qualquer, precederia o dia de enfrentar a segunda etapa épica em busca da cura. Chegaram ao lar já com a noite cobrindo o espaço. Organizaram a fila do banho, primeiro as crianças, depois a mãe e por último o pai. E assim, ao terminarem a higiene e receberem o relaxante poder de um banho quente, prepararam-se para dormir. Cada um em seu leito, quando o pai se dirigiu ao quarto das crianças, que desde o retorno dividiam o mesmo cômodo, e de mãos dadas rezou com eles. Na oração, além do agradecimento por poderem estar juntos, vinha a súplica pela ajuda ao tratamento da matriarca. Foram palavras sentidas, que emergiram lá do fundo de suas almas, preparando uma atmosfera de esperança e fé para o repouso da mãe.

De volta a seu aposento, o pai abraçou firmemente sua amada e juntos choraram. O silêncio ecoava fortemente, nenhuma palavra foi dita, pois não era necessário. Ele sabia o quanto estava sendo difícil para ela percorrer esse caminho tão pedregoso, sabia que apesar de sua força ser determinante e um exemplo para ele próprio, ela tinha momentos de incertezas. Normal, ela era humana, uma pessoa muito forte na fé e na determinação, mas humana, e como tal não conseguia estar em riste o tempo todo, é como o firmamento, que embora esteja sempre firme acima de nós, haverá momentos em que nuvens o encobrirão.

Após aquele ritual inusitado e as orações fervorosas, conseguiram deixar o relaxamento chegar e puderam dormir. Um sono não tão tranquilo, mas que foi capaz de transmitir um reequilíbrio mínimo.

A manhã começou com um acordar conturbado. Seria hoje o dia de ser apresentada ao aliado na busca do restabelecimento de sua saúde, entretanto já havia sido informada de que esse parceiro não era de muita confiança, pois ao mesmo tempo que ajudava na luta contra o inimigo, dilacerava seus torpedos sobre o aliado, digamos assim, haveria fogo amigo. A quimioterapia é uma terapia exaustiva, que consome grande vitalidade e desestabiliza o paciente, tanto física como psicologicamente. Pelo menos era assim que sempre se ouvia falar, mas breve teriam subsídios para discordar ou não.

O almoço não descia. Por mais cuidadosa e carinhosa que fosse no preparo do alimento, este não a apetecia. Parece que um nó se formava em sua garganta impedindo a passagem dos fluídos naturais, imagine então com a comida. Apenas lambiscou. Já estava na hora de levar a pequena para a escola, o filho mais velho ficaria na casa de sua dinda. E isso significava que logo, logo estaria na clínica, fato indesejado, mas inevitável.

Às 14h em ponto já estavam sentados na sala de espera da clínica aguardando a chamada do oncologista. Não demorou muito e escutaram aquela voz conhecida e logo viram o semblante do homem de jaleco branco, camisa alinhada adornada por uma bonita gravata, que os convidava para adentrar o consultório.

— Chegou o dia, Maria! — delicadamente o médico abriu o diálogo tentando quebrar a tensão do momento.

— Chegou! — com a voz embargada e os olhos tensos e apavorados, respondeu ela.

— Pois bem, Maria, fazendo o cálculo da dose a ser aplicada, nos remeteu a um protocolo com quatro ciclos — explicava o especialista — Cada um deles será de três dias com aplicação medicamentosa com uma folga de 21 dias entre eles.

Bem, à primeira vista havia melhorado a situação. Antes a previsão seria de 6 ciclos, ou seja, ganhava praticamente dois meses a menos de tratamento. Pelo horror que ouvia falar da quimioterapia, aquilo era uma dádiva. Seriam meses poupados do desgaste que achava que iria sofrer, e que, embora não tivesse ainda passado por aquilo, estava certa.

— Que bom, doutor! — tentava alegrar-se com o comunicado, mas era impossível naquela hora.

— Então vamos em frente! Vou encaminhar você para nossa equipe multidisciplinar que vai cuidar de você. Primeiramente você receberá informações nutricionais seguidas das explicações do procedimento em si. Nossa nutricionista, nossas enfermeiras e nossa farmacêutica estarão sempre dispostas a lhe ajudar e esclarecer qualquer dúvida. Além delas, nossa equipe médica está sempre pronta para você! — iniciando o procedimento, o médico a encaminhou ao ambulatório, naquele local, chamado de sala de infusão.

Deixaram o consultório na companhia do especialista. Percorreram um curto corredor que passava por trás do balcão de atendimento e chegaram ao ambiente em que receberia as aplicações. Era uma sala muito bem cuidada. Havia cadeiras dispostas lado a lado, cinco ao todo, que lembravam os centros de doação de sangue. Na parede da frente, formada por um vitral transparente, havia um belo jardim de inverno. Essa face também abrigava um balcão com diversos lanches, uma minigeladeira e uma máquina automática que servia diversos tipos de cafés e achocolatados. Era tudo bem aconchegante.

Havia também um quarto separado onde estava disposto um leito hospitalar à disposição dos pacientes que não conseguissem ficar nas cadeiras.

As enfermeiras se apresentaram e explicaram os procedimentos iniciais. Foram muito atenciosas, possuíam um carisma contagiante, tratavam cada paciente como se fosse o único. A preocupação com o bem-estar era marcante, a mesma receptividade humanizada recebida desde o início do contato com a clínica continuava, e parecia dessa vez que aumentara. A equipe era fenomenal. Passavam a confiança que ela queria receber dos profissionais que a acompanhariam durante essa caminhada.

E logo partiram para a prática. Sentada na cadeira levemente reclinada, recebeu a assepsia do local onde estava localizado o cateter, seu flanco direito da região torácica proximal. Após apalpação suave da profissional, veio o pedido para trancar a respiração, em seguida a picada seca que invadiu a derme e atingiu o aparelho especial, que estava ligado em uma veia calibrosa interna. Pronto, agora só era vir o medicamento.

Como assim? Só?

Agora é que começaria o martírio! A substância medicamentosa entraria por suas veias e dominaria todo o seu corpo. Buscaria cada recendido e agiria sem dó nem piedade contra algumas células, não se importando se fossem boas ou ruins. Era a partir de agora que "o bicho ia pegar". O adágio popular traduz muito bem o significado do início da quimioterapia.

A cadeira, apesar de ser moderna e bem confortável, não conseguia transmitir sua ergonomia a ela devido à sua estatura. Não encontrava uma posição que lhe fosse aprazível. E naquele remelexo, a medicação descendo já mostrava seus efeitos. Náuseas surgiram de repente, um gosto metálico na boca aumentava o mal-estar. O líquido vermelho, a doxorrubicina, era implacável. Seus efeitos colaterais já haviam iniciado logo ao cair na corrente sanguínea da nossa paciente. Ela foi informada pela enfermeira de que a cor avermelhada seria vista também em sua urina, não era para se assustar quando percebesse esse sintoma. Parece que foi só a enfermeira falar que seus rins dispararam e trataram de encher sua bexiga, que pedia para ser aliviada. E como dito, seu xixi já estava vermelho. Em menos de 20 minutos. Era o sinal de que a lide não seria fácil.

— Depois aplicaremos uma medicação que é um antídoto para a doxorrubicina não causar toxicidade, principalmente na bexiga – disse a atenciosa enfermeira.

Antídoto! Pensou consigo que estava sendo envenenada. De certa forma estava correta. A potência das drogas usadas destruía a paciente, seus efeitos colaterais eram horrendos. A pessoa começava um processo de morte filosófica, de tão alta a influência sobre o funcionamento geral do organismo.

A sessão foi longa, durou horas. E foram minutos pesados, arrastados pelos efeitos indesejáveis, o tempo ciciava em ritmo lento. E logo vieram as náuseas. E o gosto metálico em sua boca aumentava o mal-estar. O vômito foi inevitável. A sensação era mórbida, e não deixaria tão cedo. Foram várias crises de vômito, e entre uma e outra sequer o mal-estar e as náuseas davam folga. Estava dado o recado, seria uma viagem homérica que estava se desenhando para ela.

Apesar da administração de fármacos que tentavam bloquear as golfadas, estas permaneceram até o fim da aplicação. E ao passar de quase cinco horas a última gota descia lentamente pelo cano que acessava seu corpo. Prontamente a querida enfermeira se dirigiu a ela e procedeu na retirada da agulha que estava cravada em seu peito.

Liberada, levantou-se lentamente e notou que estava um tanto sem equilíbrio. Parecia que uma crise de labirintite chegava para aumentar seu martírio, todavia foi temporário, mais um efeito do medicamento calmante que recebera durante a aplicação. Vagarosamente dirigiu-se ao veículo, estava segura e apoiada em seu esposo. As náuseas teimavam em acompanhá-la.

O trajeto à sua residência foi conturbado. Cada solavanco causado pelas imperfeições da via lhe caía como um golpe certeiro na boca do estômago. Passou os 20 minutos gastos no trânsito como se estivesse em transe, o efeito dos medicamentos calmantes e a ação paralela da quimioterapia tiravam ela de sua normalidade.

Já deitada em sua cama, isso passado das 19h, seu marido perguntou se queria algo para comer. Entretanto, ela disse que não, estava muito enjoada, as náuseas tinham aumentado de intensidade.

— Mas, amor, tem que se alimentar! É importante que esteja nutrida! – insistiu o esposo, preocupado com o estado em que sua amada se encontrava.

Após várias insistências, ela se rendeu e pediu apenas um caldo de batata.

Prontamente ele desceu à cozinha e preparou o cardápio. Não era nenhum chef, muito pelo contrário, não tinha muito talento para a gastronomia, mas era esforçado, e além do mais caldo de batata, apenas com água e sal, não havia de ser nenhum mistério. Descascou as batatas, digo, apenas uma, e colocou para cozinhar com uma pitada de sal e nada mais. Parecia ser insosso, mas era o que podia lhe oferecer diante do quadro. Após passados breves minutos, o manjar já estava pronto e empratado.

Levou com todo carinho e com uma preocupação marcante, nunca tinha visto sua companheira com aquele semblante abatido, nem mesmo quando ela enfrentava as graves crises de vesícula que resultaram em uma interferência cirúrgica. Ela sentou-se na cama, sua feição não era agradável, parecia que sentia repulsa pelo cheiro do alimento. E de fato, aquele odor agradável ao olfato dos outros não lhe causava a mesma sensação. Ao colocar a primeira colher do caldo em sua boca, sentiu um gosto metálico que amarrou sua boca, e ao descer pelo trato digestivo, aquele caldo foi lhe revirando o estômago, ao chegar ao ponto de resumir a refeição naquela única colherada. E foi tocar a luz estomacal, o caldo prenunciou um ato de reflexo indesejável, as náuseas superaram o desejo de poder se alimentar, e em jato despejou para fora de seu corpo aqueles poucos mililitros que ingerira.

E assim foi o restante da noite. Náuseas e mal-estar tirando qualquer vontade de se levantar, pensar em comida já lhe embrulhava o estômago. Esse cenário não mudou ao amanhecer. O dia foi tenso, aquela náusea teimava em não abrandar, mesmo com os medicamentos, ela não sedia. Estava enjoando até a água. E isso era muito sério, pois poderia levar a um quadro rápido de desidratação.

Ali começaram a entender o que ouviam falar da quimioterapia. Todo o drama e o medo que se comentava sobre o tratamento, o que antes parecia um pouco exagerado, agora era sentido na pele, e não era excesso, muito pelo contrário, as drogas eram fortíssimas e traziam um verdadeiro arraso na vida e no corpo dos pacientes.

Aquele primeiro fim de semana foi pesado. Nossa heroína parecia derrotada, não saía da cama, estava pálida, o mal-estar não permitia que ela desopilasse, aquele estado parecia que se retroalimentava e não dava chance nenhuma para qualquer vírgula de recuperação. Seus familiares já estavam preocupados, principalmente seu esposo, que estava ali ao seu lado desde o início e nunca tinha visto sua querida naquele estado.

A segunda-feira chegou, e com ela a rotina com as crianças. Ele acordava cedo, chamava as crianças, ajudava a ajeitarem-se, arrumava seus lanches e as conduzia para as suas respectivas escolas. Primeiro deixava o filho e na sequência a menina. As crianças estudavam bem perto de sua residência, o trajeto ao todo não levava nem meia hora, mas tempo suficiente para despertar ansiedade no pai em deixá-la sozinha por esses instantes. O mesmo se repetia no horário da volta, próximo ao meio-dia. A mesma dinâmica, a mesma angústia.

No horário do almoço ainda tinha a preocupação com a alimentação. Ele, digamos assim, não tinha muita intimidade com as panelas, limitava-se ao básico. Um arroz branco, quem sabe um omelete. Carne, somente assada. Entretanto, naqueles primeiros dias suas cunhadas foram lhe socorrer, e ajudaram no preparo das refeições.

Mas nossa protagonista continuava nauseada. Insistia em querer somente o caldo ralo de batatas, que quando era levado a ela, teimava em ingerir apenas algumas poucas colheradas, que davam para contar em uma só mão, e ainda sobrava dedo.

Estava ficando preocupante o estado nutricional dela. Ao ponto de que no quinto dia após a última sessão, decidiram voltar à clínica para uma avaliação. E no período da tarde foram. Chegando lá, receberam a atenção costumeira, e já partiu para a avaliação médica. Ficou constatado que ela estava desidratada. Também pudera, com toda aquela ânsia que a fez enjoar até com a água, e mais as crises de vômito.

De pronto já providenciaram uma reposição do líquido através da aplicação venosa de soro. Aproveitaram o momento para ministrar alguns medicamentos para combater as náuseas. Ficou ali algumas horas. Cada gota de soro que pingava do frasco era um alívio ao seu equilíbrio hídrico. Esse procedimento se repetiu também no dia seguinte.

O tratamento surtiu efeito. Dava para ver por sua aparência. Estava mais disposta, os enjoos diminuíram significativamente. Já se arriscava a sair da cama e passear pela casa. Parecia que o pior havia passado. Ela estava sentindo-se bem, isso dentro do quadro dos primeiros dias. Mas estava aprendendo que essa fase do tratamento não era brincadeira, ela não estava tomando água com açúcar. E ainda era a primeira sessão, ou seja, faltavam ainda mais de dois meses até o fim.

Todos da casa sentiram. As crianças estavam tolhidas de conviver com aquela mãe que sempre conheceram, alegre, comunicava, positiva. Apesar de estarem amadurecendo pela força das circunstâncias, pare eles o estado da mãe era confuso. Suas cabecinhas estavam a mil, rodando entre as conversas que ouviam e seus julgamentos infantis do quadro que vivenciavam. Desde o início, o casal teve uma conversa franca e honesta sobre a doença da mãe e os passos que teriam que enfrentarem juntos, mas se já estava sendo difícil para os adultos, imagine como não estava o pensamento deles.

O pai lembra-se do trauma que vivera ao enfrentar a enfermidade de sua mãe quando tinha 13 anos, idade próxima à de seu filho. Por ter passado vários momentos desesperadores, com o medo da morte e a impotência diante da doença, que acabou por levar sua mãezinha, teve sua adolescência abreviada. O mais velho dos quatro irmãos teve que amadurecer rapidamente. O fardo de passar a ser o norte para os irmãos pesou em sua formação, tornou-se adulto antes do tempo, e com isso uma série de responsabilidades e problemas que somente ele sabia e sentia até os dias de hoje. E não queria isso para seus filhos, o peso da maturidade precoce era demasiadamente árduo.

O caso de sua esposa não se comparava com o vivenciado no passado, suas perspectivas de cura eram altíssimas, mas o medo corrói otimismos, traumas fecham horizontes. Por isso precisamos sempre colocar o Eu em evidência, repensar nossos fantasmas, para poder seguir em frente sem os grilhões do passado. Nossa mente é nosso salvador e nosso algoz ao mesmo tempo. Devemos estar atentos à forma como pilotamos nosso Eu, parafraseando Augusto Cury.

A vida da família, novamente, ganhava outro rumo. O bandido que sequestrara a vida da mãe possuía asseclas que rondavam o lar, esquivavam-se pelos cantos, e no menor descuido, atacavam sem dó nem piedade, deixando todos desnorteados. Em resumo, todos estavam sofrendo e tinham suas vidas roubadas sem compaixão.

Sentindo-se um pouco mais animada, ela concordou em sair no fim de semana e ir para a casa de seus pais no domingo. Seria uma ótima oportunidade para reabastecer suas energias naquele recanto. As plantas selvagens, o canto dos pássaros, o ar puro das colinas, e não faltaria o aconchego de sua mãe e seu pai.

Porém, poucos instantes após chegarem e serem recebidos naquela bela cozinha, ao redor do velho fogão à lenha, ela se ausentou e foi deitar-se no aposento que era tido como seu. Talvez fosse o cansaço da viagem, que embora nem pudesse ser chamada de viagem, para alguém convalescente daquele jeito, era uma jornada. Passou a manhã apática, foi quando sua mãe verificou que ela estava um pouco quente.

Essa percepção já acendeu o sinal de alerta. Lembraram o que o médico havia dito, que durante o tratamento, a qualquer sinal de febre, ele deveria ser avisado. Mas também poderia ser uma percepção equivocada. Poderia, mas mãe é mãe. Ela começou a sentir calafrios, algo muito leve, quase imperceptível, só que estavam sem termômetro para verificar se realmente aqueles sintomas eram de uma hipertermia.

Decidiram antecipar seu retorno à cidade. Não haviam servido o tradicional café da tarde e eles já estavam na estrada. O trajeto foi tenso, parecia que nunca avistariam o conglomerado urbano. Depois da agoniante viagem, enfim chegaram. Desembarcaram do carro e ela foi direto para a cama, cobriu-se com um cobertor leve. Estava reclamando de dores no corpo e que estava com frio. Prontamente o marido achou o termômetro, que não era usado desde que as crianças ainda eram pequeninas, colocou suavemente sobre sua axila direita e aguardaram pelo sinal sonoro. Após alguns minutos o aviso de que a leitura estava pronta: 37,5ºC. Não era nada exagerado, mas na sua situação marcava um ponto de alerta.

Receosos, mandaram uma mensagem ao médico, que, apesar de estar viajando, respondeu prontamente indicando para procurarem a emergência do hospital. Disse ainda que lá haveria um médico de plantão que era de sua equipe, e que era para procurá-lo.

O SEQUESTRO DE MARIA

Armou-se uma correria. Aprontar-se para ir ao hospital, arrumar as crianças e achar um local para que elas pudessem ficar, pois não se sabia o tempo que gastariam na emergência, sabe como é nosso sistema de saúde. Um breve telefonema e o casal de compadres já estava à espera dos anjinhos. Falaram com as crianças o motivo pelo qual a mãe teria que ir ao hospital, mas que esperavam em breve voltar.

Elas já estavam acostumadas com essa vida nômade, toda essa epopeia que estavam vivendo fez necessária essa adaptação, mas não era fácil. As crianças não mostravam muita dificuldade em ficarem na casa dos tios, pelo menos externamente, pois via-se em seus olhares que o medo e a insegurança se escondiam em sua inocência. A menina, mais emotiva, volta e meia deixava cair lágrimas pesarosas, não continha o medo, já o menino, mais fechado, dissipava seu medo por meio de comportamentos mais agressivos, diria uma rebeldia adolescente antecipada. Cada um lidava com a situação do seu jeito, mas as crianças, com certeza, tinham mais dificuldade em entender a situação.

Deixaram as crianças e saíram com o coração na mão, a aflição de estarem, mesmo que sem querer, pressionando as crianças e a pressão que sofriam pela doença sufocavam-nos.

Chegaram à emergência do hospital, e como costumeiramente para um final de dia de domingo, estava lotada. Apresentaram a documentação no guichê de atendimento e foram encaminhados a uma sala de espera. E ali descobriram por que se chama sala de espera, pois foi mais de uma hora no aguardo do atendimento. Comprovaram o descaso com a saúde, não havia meios, nem físicos, nem humanos, para realizar um atendimento mais rápido e assim proporcionar mais dignidade à população que procura ajuda.

Enfim a chamaram. O médico já estava sabendo da situação, atendeu-a atenciosamente. Mediu sua pressão e temperatura, sendo a primeira normal, já a temperatura apresentava o mesmo quadro verificado em casa, uma febrícula. Então o doutor disse que lhe encaminharia para proceder uma infusão de soro, para ajudar na hidratação, e junto aplicaria um medicamento para reduzir o quadro febril. Também solicitou um exame de sangue para poder realizar um diagnóstico mais preciso.

Foi encaminhada para outro recinto onde receberia a medicação. Primeiramente ficou em uma pequena sala onde havia uma maca, na qual ela se acomodou, uma cadeira e uma mesa pequena, seria uma espécie de consultório. Ali estava na companhia de mais uma paciente que recebia soro. Esperaram alguns minutos até que uma enfermeira apareceu para efetuar a coleta de sangue. Feito isso, ficaram novamente no aguardo. Era um movimento intenso no local, afinal de contas todos os pacientes clínicos e de trauma da região da serra acabavam por chegar naquela unidade de saúde.

Porventura apareceu um enfermeiro informando que aquela sala era o consultório da ortopedia, e era o único lugar para o especialista atender, e que elas deveriam deixar a sala. Tudo bem, mas não havia nenhum paciente e nenhum ortopedista no local, poderiam muito bem ficar sem prejuízo ao funcionamento do local.

Tiveram que se deslocar para a outra sala onde havia poltronas estofadas, semelhantes àquelas que existiam na clínica, porém mais desgastadas. Estavam dispostas em duas fileiras encostadas na parede, uma de frente para a outra. Estavam quase todas ocupadas. Então ela se acomodou e esperou mais alguns bons momentos até que a enfermeira lhe aplicasse o soro com o medicamento.

O cheiro no local começava a causar-lhe náuseas. Era uma mistura de suor, odor etílico e medicamentos. Infelizmente nos fins de semana o álcool está relacionado com muitas intercorrências que terminam nas emergências dos hospitais, e naquela data não estava sendo diferente. Aquele ambiente estava tumultuado, tinha até dois presos que se envolveram em um acidente de trânsito quando capotaram o veículo que haviam furtado e estavam sob a custódia da polícia militar.

Após o término do soro, o marido perguntou sobre quais os procedimentos a serem adotados. O médico residente informou que necessitava esperar o resultado do exame de sangue para poder tomar alguma decisão. Teriam que aguardar. E aguardaram por um longo tempo, talvez a atmosfera conturbada e tensa do local fez com que a sensação de tempo passasse mais vagarosamente.

Novamente perguntaram sobre o resultado do exame, e a resposta foi que ainda não viera. Mais um tempo e foram informados de que o resultado chegou. O médico residente informou que já havia conversado com o doutor que atendeu primeiramente. A notícia não foi a esperada.

— Bem, o resultado apontou uma queda dos leucócitos, que são as defesas do organismo. Esse quadro aliado à febre é o que chamamos de neutropenia febril! – informou o residente – E o recomendado nesses casos é o internamento para tratamento e acompanhamento! – sentenciou o médico.

Era uma notícia que não queriam ouvir, mas dentro do quadro que ela vinha desenvolvendo, seria uma segurança para todos.

Agora era providenciar o internamento. O marido deixou-a na emergência e dirigiu-se à portaria do hospital para providenciar os trâmites burocráticos para poder encaminhá-la ao quarto. Dessa vez a espera foi mínima, conseguiram agilizar e logo ela já estava no quarto.

Era um ambiente amplo, com a cama do paciente ao centro, um pequeno armário ao lado da porta de entrada e na parede oposta um sofá que se transformava em uma cama improvisada. Também tinha um banheiro privativo, de bom tamanho. Para conforto do internado, tinha um pequeno televisor para aliviar o tempo em que permaneceria naquele local.

Acabaram de se acomodar já era passado das 20h30, e ainda precisavam providenciar uma série de coisas. Os uniformes e materiais escolares das crianças, arrumar algumas peças de roupas que ela utilizaria naqueles dias. Naqueles dias? O prognóstico era de, aproximadamente, cinco dias de internação, tempo mínimo para o controle da febre e de uma potencial infecção, que se não contida colocaria em risco a vida de nossa paciente. Risco de vida? Pois é, mais uma surpresa do algoz, armadilhas inesperadas que elevavam o nível de ansiedade e medo da doença.

Foi aquela correria. Ir em casa, arrumar tudo, uniformes e material para os filhos, roupas para a esposa. Levar tudo na casa onde as crianças estavam, um tempinho para tentar explicar a elas. E voltar ao nosocômio para passar a noite acompanhando sua companheira. Ufa! Bastante intenso. Mas não se importava, ou melhor, sabia que tinha que fazer e que não deveria ficar se lamentando, claro que desejava não estar naquela circunstância, mas dentro dela era enfrentá-la da melhor forma possível.

Primeira noite de internamento foi relativamente tranquila. A medicação aplicada ainda na emergência e depois complementada na chegada ao quarto estava fazendo efeito. O cuidado com os horários, o monitoramento da febre, medicamentos mais potentes, davam uma certa tranquilidade a eles diante daquele inesperado e desconhecido episódio.

O amanhecer foi enunciado pela enfermeira que entrou muito cedo para cumprir seu ofício. O marido levantou-se do leito improvisado, calçou seus sapatos e após a higiene matinal já estava pronto. A noite não foi aquela maravilha, passar no hospital é algo que não se pode comemorar, mas enfim, a esposa passara bem a noite e a febre parecia ter recuado. Logo veio o café da manhã, não era um hotel, então o desjejum se resumia a uma xícara de café e um pão d'água com manteiga, isso somente para a paciente, não haviam pedido para o acompanhante.

Nossa protagonista tentou comer, mas o cardápio não a apeteceu, deixou sobrar grande. Talvez o soro não a fizesse sentir tanto desejo de comer. Além disso, os efeitos do tratamento, que ainda estava sendo digerido pelo organismo e pela mente da paciente, contribuíam para a falta de apetite.

Logo mais, começou a receber visitas. Primeiro chegou sua irmã, aquela que estava cuidando das crianças. Quando chegou, liberou o marido para ir a uma lanchonete próxima para quebrar seu jejum. Rapidamente aproveitando a oportunidade ele foi em casa para tomar um banho e trocar de roupa. Mas em seguida já estava a postos ao lado de sua amada. As crianças, como sua irmã relatara, estavam bem, mas queriam vir visitar a mãe, algo que seria programado. Quanto aos filhos estava tranquila, como modo de dizer, pois uma mãe nessas situações nunca fica descansada em relação aos rebentos, mas sabia do amor e da dedicação que estavam recebendo.

Ainda pela manhã recebeu a visita do seu médico oncologista e de sua equipe. Ele, como sempre, foi amabilíssimo e explicou a ela a importância do internamento diante de um quadro de neutropenia febril para pacientes de câncer. Avisou-a que os critérios para sua liberação seriam a volta do aumento do número das plaquetas e ao menos 72 horas sem febre. Ainda falou para ela ficar tranquila que estava no local adequado e que logo passaria mais esse obstáculo.

Foi uma longa semana, apesar do estado aparentemente melhor, ainda estavam ocorrendo episódios de febre. Recebia todo o dia a visita da equipe médica e eventualmente do seu especialista, e sempre a primeira pergunta era se receberia alta naquele dia. Nesse ínterim, ficaram passando o tempo com uma leitura, atendendo eventuais visitas, a noite era toda interceptada pela assistência das enfermeiras. Estava recebendo um tratamento adequado, mas queria ir para casa. E assim foi até a quinta-feira. Nesse dia o médico responsável pelo seu internamento compareceu no quarto e informou que seu exame de sangue era aceitável, e como a febre não havia mais aparecido, no outro dia receberia alta.

Era tudo que queria ouvir, não só pela ansiedade de voltar para casa, mas pelo fato de sua saúde estar se recuperando. Aquele fim de tarde foi maravilhoso, parecia que uma injeção de ânimo havia sido aplicada em sua alma. Até o brilho no olhar se refez. O marido também comemorava pela grande notícia, mas também porque voltaria a dormir em sua cama, aquele sofá estava começando a maltratar suas costas.

Acordaram cedo naquela sexta-feira, ela quebrou o jejum com aquela refeição típica do hospital, mas que hoje não parecia tão desajeitada assim. Estavam esperando a visita do especialista para ratificar a notícia do dia de ontem e efetivar sua alta hospitalar.

Quando a porta do quarto se abriu, e a figura do médico surgiu, parece que um portal iluminado havia se formado naquele lugar, tão grande era a ansiedade de deixarem o hospital e irem para casa. Isso significava muito mais do que uma questão de saúde, aquilo é a volta para a luta diária de procurar por sua vida sequestrada. Queria voltar e tentar aproximar-se o máximo possível de sua rotina anterior, sabia que era muito difícil, mas precisava tentar. E foram felizes para seu lar. O caminho parecia estar todo cintilante, as casas, os prédios e a vegetação marginal pareciam um caleidoscópio com o cominho no centro formando um rastro luminoso, de coloração brilhante decomposta nas cores do arco-íris.

Sentada na poltrona da sala principal, descansando, pensou no tanto que estava sendo pesado seu fardo. Aí se lembrou das histórias que ouviu no CAPC, e respirou fundo, agradeceu a Deus por estar ali, com dificuldades, mas nada que sua força e fé, junto ao amor de sua família, não pudessem transpor. Subiu ao quarto, deitou-se na cama, e jogou seu corpo cansado nos lençóis cheirosos que havia deixado durante sua estada no hospital. Aquele odor, juntamente às imagens do seu recanto, lhe trouxe um momento de paz e esperança. Depois da tempestade sempre vem a bonança.

Abria os olhos, depois do breve cochilo, e vendo onde estava fazia com que a alegria tentasse ser o principal sentimento que reinava em seu ser. Todavia, algo acendeu uma preocupação. Notou em seus travesseiros que havia alguns fios de cabelo que ficaram presos à malha do tecido da fronha. Não era normal, nunca tinha notado antes essa ocorrência. Pensativa e pesarosa, sentiu o recado do tratamento, suas madeixas estavam perdendo a força e sucumbindo diante da força das drogas usadas para rechaçar a doença.

Era aquele esperado, mas ao mesmo tempo indesejado, sinal. Apesar de ser informada desde o início de que a queda do cabelo seria algo praticamente inevitável, sempre persistia a esperança de que com ela acontecesse uma exceção. Mas não houve. O previsto estava acontecendo, incipiente ainda, mas a queda dos cabelos já começava.

Adotou a estratégia de cortar o cabelo bem baixinho. Era uma tática para ir se acostumando com a aparência que aos poucos se concretizava. Ligou para sua cabeleireira indagando se haveria um horário. Diante da afirmativa, logo estava indo ao encontro de seu novo visual. Seu marido a aguardava em frente ao salão, quando ela saiu com o cabelo bem curtinho. Realmente estava diferente, mas para sua surpresa, o novo visual caíra bem.

— O que achou? – perguntou insegura.

— Gostei, ficou bem! Apesar de que qualquer corte ficaria bem em você! – respondeu de forma sincera o marido.

— "Ah tá"! – de forma muito desconfiada e achando que ele apenas estava sendo gentil, não acreditou na devolutiva do cônjuge.

— Meu amor, estou sendo sincero! Você ficou bem assim! Acredite em mim, e também acredite mais e você! Você é linda, você está linda!

Dirigiram-se para casa acostumando-se com o novo visual. O problema é que aquilo não foi deliberativo. Aquele corte era como uma cicatriz que a doença estava deixando, embora fosse temporária, era muito profunda.

Apesar de o novo visual ainda ser novidade, aos poucos iam se acostumando. A motivação, muitas vezes forçada, fazia com que o cabelo curtíssimo fosse ganhando uma certa normalidade, mesmo que no fundo doesse muito a falta dos cabelos. Mas a vida continua, e continuaram seguindo no tratamento e vivendo essa experiência aterrorizante, mas vivos seguiam...

Capítulo 14

MADEIXAS AO CHÃO

Estava chegando a data da segunda etapa da quimioterapia. A ansiedade e o medo tomavam conta da família, lógico que com ela era tudo mais superlativo. O primeiro contato com o tratamento não foi dos mais agradáveis, muito pelo contrário, foram momentos extenuantes, debilitaram não só o corpo, que mostrava em seus sete quilos suprimidos a voracidade das drogas, como também davam a impressão de que tentavam diluir a mente, deixando a paciente em um estado preocupante.

Consulta marcada para uma quarta-feira, antes do início das infusões dos medicamentos. Sempre aquela mesma acolhida que dava um tom mais suave no trajeto em busca da cura.

— Maria Micheli! – costumeiramente gentil foi o convite do especialista para entrarem no consultório.

Dirigiram-se para adentrar, cumprimentaram o simpático doutor e o casal foi se acomodando nas cadeiras em frente à mesa.

Após uma rápida anamnese de como teria sido a primeira interferência, o doutor concluiu o que já havia se inteirado com sua equipe.

— Micheli, como você me relatou, e com base em todo o acompanhamento de nossa equipe, notamos que a reação adversa foi muito significativa – concordando com a sensibilidade da paciente, o especialista iniciou o diálogo novamente – Portanto, vamos diminuir um pouco a dosagem da medicação, pois protocolarmente temos uma margem de 20%.

Essa informação trouxe certo alento, pois a princípio, se a dose é menor, menor seria sua severidade. Isso se o comportamento fosse linear, matemático, mas em se tratando de biologia, nem sempre as coisas se dão desse feito. Mas era uma esperança.

— Também vamos utilizar um medicamento para tentar manter sua imunidade em patamares mais seguros – o médico prosseguiu com seu raciocino – Trata-se de uma injeção aplicada na barriga, da mesma forma que se aplica a insulina, que será ministrada entre o quinto e o décimo dia após o início da quimio – concluiu.

Era uma informação nova, porém como o objetivo era evitar nova intercorrência, como aquela que a levou à internação, valeria a pena. Seria algo a mais a se submeter, mas esperava um ganho substancial na qualidade de sua saúde nesse período.

Após isso, o clínico os conduziu à sala da quimioterapia. Passaram por aquele corredor atrás da sala das atendentes, e chegaram na bem estruturada e acolhedora sala de infusão. Apesar de tão bem arrumada e assedada sala, cravava em suas mentes o local de calvário, o local onde sofreria os açoites das drogas. Ainda bem que o ambiente acolhedor tentava submeter uma sessão de acolhimento, de cura, de atenção aos seres humanos que sentiam sua humanidade sugada pela doença.

Dessa vez, ela pediu para ficar no leito, e como este estava disponível, ali foi acomodada. Deitou-se, pediu para seu marido ajustar a altura da cabeceira da cama, e já estava pronta para mais uma etapa.

A enfermeira prontamente chegou, e muito simpática e solícita, como sempre, perguntou se precisava de algo mais. Diante da negativa, procedeu suavemente com o procedimento para conectar os frascos dos medicamentos ao cateter cravado no peito da paciente.

Todavia, diante do grande efeito colateral que a primeira aplicação teve, desta vez, além da diminuição da dosagem, ainda seriam administradas, junto às drogas quimioterápicas, substâncias para amenizar as náuseas. Ela também preferiu ingerir um calmante para diminuir a ansiedade e poder relaxar durante a sessão. Tudo foi providenciado com a maior disposição e presteza. Aquele atendimento fazia toda a diferença. Não sabiam se pelo sistema público seria daquela forma, mas tinham a certeza de que deveria ser, pois aquelas pessoas que necessitavam passar por aquilo estavam sempre muito fragilizadas, carentes, e cada gesto de empatia, de atenção, de carinho, fazia toda a diferença para quem trilhava aquele caminho.

Aqueles três dias foram muito mais tranquilos, sem sombra de dúvida, do que a primeira vez. Por sorte, todas as aplicações foram feitas no leito, o que lhe conferiu uma melhor condição de conforto e privacidade, e consequentemente conseguiu relaxar mais durante as aplicações.

Os sintomas de náuseas e enxaquecas persistiam, porém em menor intensidade. Conseguia se alimentar um pouco mais. O gosto metálico na boca ainda era um anteparo ao apetite, mas não se comparava com a primeira semana. Sua disposição parecia melhor que os últimos dias, embora a vontade de não sair da cama prevalecesse. Enfim, o quadro era muito melhor que da primeira vez, e isso já era um alento para toda a família, que sofria em vê-la no estado que ficou, e por mais esforço que fizessem, não conseguiam reverter o quadro.

Porém, tinham novidades.

Chegava o quinto dia, era um domingo, e havia a necessidade de aplicar a medicação para tentar garantir que seus leucócitos permanecessem em um patamar seguro. Tal missão ficou a cargo da sua enfermeira particular, sua irmã, que chegou no fim da tarde daquele domingo.

Estava tudo preparado, medicamento no refrigerador, aulas e seringas à mão, álcool para assepsia e algodão e esparadrapo para o curativo. Deitada em sua cama, desassossegada pela novidade, esperava sua irmã subir. De repente ouviu passos a galgarem os degraus da escada, o som aumentava em sua direção quando ela viu transpor à porta a figura de sua irmã. Chegou a hora. Apesar de ser algo insignificante diante de tudo o que já passara até então, uma ponta de ansiedade e receio saltitava em seu peito. A enfermeira tomou posse dos ingredientes, aproximou-se da cama, levantou levemente sua camisa, segurou sua pele próximo ao umbigo fazendo um "gomo" e aplicou-lhe a agulha que prenunciava o escorrimento do líquido medicamentoso para dentro de seu organismo. Pronto. Foi rápido, um louco dolorido, como dizíamos para nossas crianças, uma picadinha de formiga. Missão comprida. Agora era esperar que aquele procedimento fizesse o efeito desejado e afastasse qualquer perigo de uma nova neutropenia.

De fato, aquele ciclo transcorreu sem maiores intercorrências. Não se pode dizer que foi uma maravilha, pois, apesar de menos intensos, os sintomas indesejáveis continuaram. As náuseas, a falta de apetite, a anedonia recorrente continuavam a aparecer, ou melhor, nunca deixaram de se mostrar presentes desde o início do tratamento.

Como no outro ciclo, a sua rotina era basicamente ficar deitada, quando muito descer para a cozinha e esforçar-se para fazer o almoço. Até mesmo o artesanato ficava perdido na tempestade de pensamentos que infestavam sua mente com ideias pouco animadoras. A tarefa de buscar as crianças na escola, de atender as tarefas escolares, arrumar os materiais, ficava a cargo do esposo, que fazia sem maiores esforços, mas do seu jeito. Isso a incomodava um pouco, primeiro pelo fato de não ter disposição e saúde para fazer isso, depois pelo fato de estar havendo muito atrito entre pai e filho.

O menino já estava na pré-adolescência, e toda essa reviravolta na vida da família inteira estava mexendo com ele. Ele era um menino muito querido, mas estava muito ansioso, revoltado. Era a forma que encontrou para enfrentar a situação. Mas seu pai também vivia intensamente tudo aquilo. A cada atividade que assumia, lembrava-se de sua própria história em que a ausência da mãe retornava e o deixava atordoado, receoso, com medo mesmo. E essa realidade vista de modos diferentes por eles acaba em choques frequentes, que incomodavam a todos. Após os enfrentamentos, pai e filho ficavam arrependidos pelo clima que surgia do embate dos dois, que acabava atingindo toda a família. Isso era mais um dos efeitos da doença, que transcendia o corpo da vítima e atingia todos que estavam ao alcance.

No décimo dia do início do segundo ciclo, enquanto ela se preparava para esperar sua irmã para a última aplicação do medicamento para prevenir a queda da imunidade, durante o banho, notou que a força da água estava derrubando seus cabelos, o corte curto estava perdendo o significado e o temido dia chegou. A queda de cabelo era algo inadiável, e chegou o dia. Eram mechas dos curtos fios que se despendiam de seu couro cabeludo denunciando um dos mais marcantes efeitos da quimioterapia.

O cabelo tem um forte significado na construção da autoimagem da mulher, toda a edificação do ser feminino está intimamente ligada à beleza de seus cabelos. Essa visão está muito enraizada em nossa cultura, na qual o belo e a estética são determinantes para a felicidade das mulheres. A consequência da alopecia é quebrar o comum, e concentrar olhares desconfiados reflete o quanto o diferente mexe com a sociedade, e isso mexe muito com a autoestima feminina. Enquanto cabelos sedosos representam o poder da mulher, sua ausência traz ao inconsciente delas uma queda em seu amor-próprio, independentemente de sua vontade. No simples fato de sair com a cabeça raspada, os olhares se voltam e parece que tem uma etiqueta pairando e apontando para ela dizendo: "Coitadinha, tem câncer!".

Enfrentar foi a primeira palavra que lhe veio à mente. Aquele momento era certo, nunca foi esperado, todavia teria que ser transpassado. Para amenizar a tortura de sentir e ver os fios se desprendendo pouco a pouco, raspar a cabeça foi a atitude adotada.

Como sua irmã estava a postos para o último procedimento da injeção, ela foi escalada para efetuar o corte. Eles tinham um aparelho doméstico de corte de cabelo que foi utilizado. Entretanto, chamaram o esposo para auxiliar no processo.

Sentada em um banquinho de madeira, bem no meio do banheiro de seu quarto, ela parecia que estava indo para a condenação. O olhar assustado tentava ser disfarçado por doses forçadas de otimismo. E isso ajudou muito, pois logo aquele ato doloroso estava sendo amenizado pela força, fé e complacência de todos.

Aos poucos, aquela madeixa resistente, que não mais tinha força, ia sucumbindo ao som característico da máquina e caindo sobre o colo de nossa heroína e sobre o piso frio do banheiro. Caía como uma chuva, ou melhor, como lágrimas pesarosas que marcavam o sofrimento daquele instante. Um sofrimento que não ardia na carne, mas queimava seu mais íntimo recôndito, maculava sua autoestima. Jamais, em momento algum de sua vida, pensara em ficar com os cabelos ralos, impecavelmente, ficar sem eles. Cada fio que descia, atraído pela força da gravidade, acendia um flash em sua memória. Lembrava-se do cuidado que sempre teve com os cabelos. Veio à mente sua criancice, com sua mãe tecendo longas tranças, que tinham a cor do trigo. Lembrou-se dos coques engraçados em que essas mesmas tranças se transformavam quando enroladas e presas no alto de sua cabeça. As longas madeixas da juventude que lhe eram motivo de orgulho e chamavam atenção dos olhares. Lembrou-se da mecha solta sobre a face no dia do seu primeiro encontro com seu amor.

Lágrimas reprimidas pela necessidade de ser forte, mas intensamente representadas pelos fios espalhados pelo chão.

Serviço acabado. Cabecinha raspada. Agora o grande desafio de enfrentar o espelho pela primeira vez. Embora seu marido lhe tenha dito que ela ficara bonita sem cabelo, aquilo ainda soava como uma gentileza, por mais sincero que ele estivesse sendo.

Lentamente abriu os olhos em frente ao grande espelho que havia no local. A pálpebra nunca lhe fora tão pesada, parecia que não teria força para sustentá-la em desfavor à força da gravidade. Mas era preciso, continuar era a meta, a fé era o que movia seus músculos, força e resiliência eram a alternativa. Quando a luz refletida do espelho tocou suas retinas, e a imagem de sua face sem os adornos de seus cabelos se formou, teve um susto. Por mais que sentisse a máquina passando rente ao seu couro cabeludo, por mais que sentisse os fios de cabelo caindo, esperava ainda que aquilo fosse um sonho. Mas era realidade, mais uma artimanha macabra que fazia parte do portfólio de maldades de quem lhe sequestrara a vida.

A cabeça limpa, sem cabelos, fazia agora parte de sua nova identidade, uma identidade que estava sendo forjada na dor e em traumas que devem ser encarados de frente. Por isso, apesar do espanto inicial, olhou firmemente no espelho e viu que por trás daquela imagem repleta de cicatrizes ainda existia a guerreira, uma mulher que era capaz de enfrentar as adversidades com garbo e disposição, mesmo que por horas fraquejasse, tinha à sua volta uma família para lhe dar apoio e seguir em frente, de mãos dadas.

Para ser o mais solidário possível, seu marido aderiu ao estilo, e raspou sua cabeça também. Um ato simbólico que tentava mostrar mais do que as palavras diziam, que estavam juntos para o que der e vier. Quando escolheram seguir juntos era para seguirem juntos mesmo, e, como postaram em uma rede social com a foto do casal de cabeça raspada, na saúde e na doença. Aquilo poderia ser algo simples, como de fato foi, mas trazia consigo todo o amor e respeito que tinham um pelo outro. Um amor recheado de compreensão, sensibilidade e, acima de tudo, um amor resiliente e solidário.

As crianças estranharam no começo, mas aos poucos foram se acostumando com a mãe sem cabelos. A menina, sincera como sempre, não evitou dizer que não gostou, mas que mesmo assim amava sua mãe, já o menino foi mais sensível e afirmou que ela tinha ficado bem com a cabeça raspada.

E assim foi a nova realidade.

Ela, forte e de personalidade marcante, decidiu que não usaria perucas ou próteses, enfrentaria os olhares e a curiosidade com sua nova aparência, sem artifícios ou subterfúgios. Atitude louvável, são poucas as mulheres que passam por isso, que encarram dessa forma a alopecia. Aqui não vale crítica a esta ou aquela decisão, tem-se somente que aplaudir e encorajar essas guerreiras, pois somente elas sabem o que essa etapa pode causar.

Assim ela seguiu sua caminhada. Sempre olhando firme à frente, tendo medo, ficando triste, reencontrando forças, mas sempre seguindo à procura do que lhe foi sequestrado, sua vida como era antes.

Capítulo 15

A PRISÃO SEM FIM

A rotina do tratamento já estava começando a incorporar-se no dia a dia. Era a mesma sistemática, três dias de infusão com os sintomas peculiares em maior escala, depois a primeira semana seguia com uma anedonia generalizada. Quando começava a se sentir melhor, pensando em retomar parte de sua rotina de antes da doença, bingo, já estava prestes a iniciar novo ciclo.

E foi assim na terceira etapa. Quando os pensamentos estavam alinhados ao corpo, tentando agir como era antes, quando a energia começava a soltar fagulhas, ela já estava indo para a clínica.

E novamente a mesma novela. Passar pela consulta, dirigir-se à sala de infusão por aquele corredor secreto, e aplicar a medicação. Dessa vez seu marido não a acompanhou, o encargo ficou com sua amiga. Mudar um pouco a companhia talvez fosse algo que ajudaria a dar uma roupagem nova à rotina extenuante do tratamento.

Acontece que nesse primeiro dia o leito já estava ocupado, teve que se ajustar à poltrona. Apesar de o tamanho da poltrona não ser o mais adequado à sua estatura, teve que se adequar e ajeitar-se da melhor forma possível. Um pufe quadrado que servia de anteparo aos pés contribuiu para um conforto mais desejado.

Já estava acostumada com a sensibilidade com que a equipe sempre lhe tratava, e isso a fazia pensar na fraternidade e na bondade com que devemos tratar nossos semelhantes. Era uma lição que reaprendia a cada olhar e gesto de atenção daqueles profissionais tão dedicados. Uma forma de amor e demonstrar nossa preocupação pelo próximo é a atenção, dispensar de forma carinhosa nosso tempo, seja ele remunerado ou não. Fazer bem-feito, com dedicação e atenção, também é uma forma de caridade, e talvez esteja em falta no mercado.

Passou aqueles dias na mesma sistemática. Durante as aplicações, os medicamentos para prevenção das náuseas e o calmante faziam as horas passarem mais rápido. No intervalo entre elas, era mais descanso, mesmo porque não existia vontade alguma de fazer algo mais. Ela oscilava entre a euforia de sentir que podia melhorar e o peso de todas aquelas drogas, os efeitos colaterais, vivia em uma montanha russa. Muitas vezes estava sentindo-se bem, mas algo dito inocentemente por alguém à sua volta soava-lhe diferente e uma onda arrasadora de insegurança inundava todo o seu ser. Viver sempre na berlinda de um tsunami de emoções parecia sua sina de agora em diante.

Nesse ciclo, lá pelo sexto dia, ela sentiu-se bastante debilitada ao ponto de procurar a clínica para uma avaliação. Resultado, já ficou por lá com um soro na veia para buscar hidratação e reforço dos medicamentos para náuseas. Nada de grave, mas era desconfortável, depois das três jornadas de aplicação da quimio, que duravam em média 5 horas, voltar e ficar mais uma hora com aqueles canos ligados ao seu corpo, realmente era algo incômodo.

Apesar desse empecilho, os restantes dos dias foram mais amenos. Aos poucos dava a impressão de que sua disposição estava retornando. As tarefas diárias mais leves, como preparar o almoço, uma varrida rápida na cozinha, eram atividades que conseguia realizar sem maiores desafios, mesmo que o pagamento fosse o cansaço após elas.

A vida ia adequando-se. O fardo parecia que era realmente suportável, até que aquela marola de dúvidas chegava imperceptível e, vez ou outra, transforma-se em um maremoto que desconstruía a base da fortaleza que pensara ter construído. Sua existência seria viver nessa gangorra? Caminhar sempre na corda bamba? Toda sua certeza e força de que tudo estava seguindo por um bom caminho em minutos evaporavam e o sombrio estado de insegurança dominava e impunha seu medo e dúvidas. Que coisa! Onde andaria aquela pessoa firme e convicta em seus pensamentos e atitudes? Onde estava a firmeza nas decisões?

Realmente, o vilão era perverso! Mesmo nos tempos calmos do tratamento, em que parecia germinar uma semente de normalidade, quando ela sentia que estava tentando voltar a ser como antes, pronto, o bandido mandava um sinal de que sua vida estava represada por ele, e que ele era o comandante da situação. Até quando? Essa era a resposta tão esperada. Mas o receio a recheava de incertezas, no instante que queria saber, o medo de não obter a resposta que desejava emudecia seu questionamento.

Ao seu redor, todos eram contaminados pela doença ao compartilhar com ela esses medos. Amigos e familiares sentiam a dor, era algo conjunto, que embora nem mesmo ela conseguisse externalizar tudo o que sentia em seu interior, a empatia transmitia suas angústias. Seu marido e seus filhos eram os mais atingidos. Sofriam ao seu lado vendo o desafio enorme que a mãe e esposa enfrentava. Muitas vezes calados engoliam suas incertezas e medos para não transparecer suas agonias, para assim não trazer mais uma preocupação para a pessoa mais importantes para eles.

O não saber lidar com a situação era outro efeito colateral que se intensificava com o tempo. De repente aquela pessoa amorosa, mãe atenciosa e amável, esposa carinhosa, que dedicava sua atenção a eles, tem sua vida revirada do avesso, sequestrada sem dó nem piedade, e agora convivia com o medo e a insegurança sempre ao seu lado, trouxe uma nova forma de conviver. Agora ela estava tão frágil e necessitava tanto de todos, dedicação que não era nenhum sacrifício, mas havia nuanças que não entendiam, verdadeiras armadilhas que deveriam aprender a desarmar.

As brigas constantes entre pai e filho eram a mais evidente artimanha da situação. Aquilo já começava a atrapalhar a harmonia do lar, que naqueles tempos andava corroída por tudo o que estava vivendo. Então, diante de mais imbróglio em suas vidas, foram procurar ajuda. Todos passariam por terapia para ajudar a entender e enfrentar os novos desafios, que não eram pequenos e nem eram brincadeira.

E todos começaram a frequentar o consultório de psicologia. A ajuda é sempre bem-vinda, pois por mais que tenhamos conhecimento e saibamos que nossa mente nos prega peças, a grande maioria das vezes acabamos caindo nessas armadilhas. Ver de fora é mais fácil, inclusive é comum as pessoas acharem que o sofrimento do outro é pouco, que deveria agir desta ou daquela forma. A empatia tende a ser escassa, e mesmo quando ela é considerada, ainda tendemos a minimizar o sofrimento alheio. O pior de tudo é quando achamos que temos o completo domínio da situação quando não o temos. Pensamos estar agindo da melhor forma enquanto não estamos. Aí entra a ajuda profissional. O terapeuta está treinado para sentir mudanças em nossos comportamentos e analisar a situação de forma mais clara, sem a pressão dos sentimentos que sentimos, e que nos empurram a decisões, às vezes, equivocadas. Ele, o terapeuta, tende a nos guiar pelas trilhas sinuosas de nossa mente que são materializadas em nossos comportamentos. Diria que essa ajuda é fundamental, pois, como já disse, independentemente de nosso conhecimento, acabamos a passar a mão sobre nossas próprias cabeças e ignoramos muitos sinais que emitimos pedindo ajuda.

A terapia foi algo mágico. Ela surpreendeu já de cara.

Nossa protagonista foi a primeira a iniciar as visitas ao consultório, porém devido à intensidade do tratamento, resolveu adiar até que a quimioterapia terminasse. O pai foi logo após, e recebeu um feedback de como o terapeuta via a situação de sua família e de como interviria com a terapia. Nessa mesma ocasião já deixou agendado um horário para o filho.

Esta sessão sim foi marcante. O menino, relutante e rebelde, mas não algo radicalmente preocupante, dentro da situação em que vivia, era uma forma de pedir ajuda. Foi, após muita insistência, atender ao pedido dos pais e conversou com o terapeuta. Acompanhado de sua madrinha, orientação do especialista de que o pai não o acompanhasse naquele primeiro encontro.

De fato, deu resultado. O menino abrandou-se, pediu desculpas ao pai e à mãe, que também se desculparam por algo que lhe machucou. Foi uma maravilha aqueles instantes de sinceridade e harmonia que traziam todos ao mais batido dos ensinamentos do mestre Jesus, o perdão.

O perdão é revigorante, é um combustível poderoso para seguir em frente, para descarregar aqueles pesos desnecessários que a soberba e o orgulho teimam em arrematar e atar as nossas costas. O perdão, quando sincero e compreendido pelas duas partes, transforma-se em algo tão magnífico que é quase impossível saber quem mais se beneficiou, quem perdoou ou quem recebeu o perdão. Talvez ele ajude a entender que todos erramos, e muitas vezes o erro que vemos nas atitudes dos outros encobre nossos próprios deslizes. Perdoar é um colírio que ajuda a entender o que o evangelista Mateus pregou quando disse: "Tira primeiro a trave do teu olho, e então poderás ver com clareza para tirar o cisco do olho de teu irmão". O perdão começa pela morte do orgulho, que nos traz e irradia uma caridade simples e indulgente. É a faísca que acende a paz de espírito.

Na semana seguinte foi a vez do pai passar pela sessão de terapia. Teve a oportunidade de ouvir sobre seu filho e repassar um feedback positivo do seu convívio com o menino nos últimos dias. Falou também de tudo o que estava passando, expôs sua perspectiva, sem receios ou melindres. Foi bom, muito bom. Apesar de ter sido pouco tempo, pois uma sessão resumia a quase nada o poder de externar o que sentia.

Capítulo 16

ESPERANÇA E ARMADILHAS

A rotina exaustante dos ciclos continuava. A maratona para se restabelecer e poder enfrentar a nova infusão com um pouco mais de forças era meta estabelecida.

Mas era o último ciclo, era a última vez dos procedimentos que estavam se tornando costumeiros. Seu corpo já estava inundado de drogas que prometiam a cura. Com toda certeza, essa última intervenção não seria tão sentida como as outras, devido à constância dos medicamentos em seu organismo. Um alento que se somava ao término do calvário.

Entretanto, não foi bem assim.

Dirigiam-se à clínica, como praxe que virou, ela e o marido atravessaram a porta automática da entrada de mãos dadas. Os dedos entrelaçados com força diziam que estava chegando ao fim, que esse último episódio seria calmo e tranquilo, afinal de contas, já estava adaptada.

Sempre aquela acolhida sensível conformava o pensamento de que seria um passeio aquele ciclo. Dessa vez, a consulta não foi possível devido à agenda apertada do médico, fato que a conduziu direto à sala de infusão. Olhava tudo com muita atenção. Cada detalhe era notado, cada objeto decorativo, a mesa com lanches, o balcão da equipe, olhava tudo atentamente como se já se despedisse. Era um misto de ansiedade e esperança de que tudo virasse em pouco tempo apenas uma lembrança.

Deitou-se confortavelmente sobre o leito, parecia que já estava tão adaptada que já o chamava de seu. Coberta por um leve cobertor, percebeu a chegada da atenciosa enfermeira, que preparava o equipamento que lhe perfuraria a pele e alcançaria o cateter cravado em seu peito, por onde escorreria o líquido terapêutico.

A delicadeza, o cuidado e a atenção com que era efetuado o procedimento faziam passar despercebido. Acima do nível do leito, o frasco pendurado ligado ao seu corpo por um fino cano flexível começa a pingar. Começou a finalização do tratamento. Um sorriso tímido esboçou-se no canto da boca dos dois, como se fosse um gesto combinado. Sempre estiveram unidos e esses procedimentos os tornavam mais dependentes um do outro. Apesar do embate constante e extremamente desgastante contra a doença e dos efeitos colaterais do tratamento, que eventualmente embaçavam o ânimo e a disposição do casal, sabiam que o que os unia jamais seria desfeito. Era a liga mais sólida que existe, o amor.

Estava tudo pronto em seus pensamentos para passar em brandas nuvens. Mas, de repente, aquelas brumas foram se concentrando e um vórtice começou a se formar, desabando em um temporal inesperado. Os efeitos estavam mostrando-se como no primeiro contato. As náuseas que vinham calmas, quase imperceptíveis, desabrocharam com uma vontade de lhe roubar toda a vontade de se alimentar, as dores pelo corpo se intensificaram, o gosto horrível de metal na boca agora era constante. Parecia que o tratamento era um parasita que, sentindo seu fim se aproximar, aumentava seu metabolismo de forma a tentar vencer o hospedeiro.

De volta à sua casa, entendia que seria apenas a tensão do fim do tratamento que estava sendo generosa potencializando os efeitos indesejáveis. Mesmo iniciando tranquilamente o último ciclo, queria acreditar nessa versão, na esperança de que o segundo dia fosse melhor. Ledo engano.

Apesar de toda atenção, do cuidado profilático, no segundo dia os sintomas ainda se mantinham presentes, de forma bastante notada. Parecia ironia. Uma armadilha ardilosa em que foi dada corda e no fim o laço fecha sem piedade. A esperança de que o costume do tratamento fosse diminuir os sintomas, afinal o corpo já estaria acostumado, foi um engodo passado pelo seu próprio pensamento. Era lógico o raciocínio, não fosse o fato de que em biologia a lógica não segue rigidamente um padrão determinado. E ficou determinado que ela passaria por mais uma provação naquele último ciclo.

Tudo bem que se passaram quase três meses nessa mesma rotina, mas nada mau seria se, ao menos por consolação de ter percorrido esses dias oscilando entre os sintomas e a recuperação, fosse lhe dada uma trégua, ou nem isso, apenas desejava ultrapassar esses dias de forma mais saudável, sem tantos enjoos e perturbações biológicas.

Como dizem por aí, "não teve choro". Durante os três dias de infusões os sintomas negativos estiveram fortemente presentes. O mesmo aconteceu nos dias posteriores. Agora, mais do que nunca, a injeção preventiva para garantir sua imunidade era importante. Além de buscar garantir a preservação de sua saúde, ela garantiria uma arrancada rumo à cura. Garantiria forças importantes para sair em busca da transformação desse pesadelo em uma lembrança que, embora lhe trouxesse ensinamentos por caminhos tortuosos, quanto mais cedo fosse relegada ao passado, mais feliz ela se sentiria.

Normal, as atribulações por que passamos nos trazem ensinamentos, provas, e quando conseguimos transpô-las, queremos ficar apenas com o lado positivo vivo na memória. Saber que fomos fortes, que vencemos os desafios, nos basta para seguir em frente. Ficar remoendo as máculas sentidas é como se sofrêssemos novamente, e isso não é bom. Vejam, não estamos falando em esquecer, mesmo porque existem coisas na vida que são inesquecíveis, e essa doença é uma delas, mas reviver isso, com toda dor, sofrimento e angústia, para mim seria como um autoflagelo. E isso é dispensável. Não é porque sofremos e vencemos que nada mais de desafiador ou incômodo nos acometerá, com certeza a dimensão e o tratamento dos novos desafios terão de nós um outro ponto de vista, mas ainda assim serão indesejáveis. E somar-lhes o passado é um fardo pesado, e dependerá unicamente de nós onerarmos ou não a caminhada.

Capítulo 17

ESTOURO DO CATIVEIRO

Enfim, chegamos ao derradeiro dia, no fim do mês de março. Consulta marcada com o oncologista. Chegaram cedo. A ansiedade se tornara um hábito tão natural quanto respirar. Parecia que sempre teria algo escondido pronto para causar um dano, pregar um susto. A agonia da incerteza é algo que dilacera o ser e o incapacita de viver em plenitude, mais um inço da doença.

Sentados confortavelmente na sala de espera, tentavam disfarçar a angústia conversando sobre o tempo, distraindo-se com um cafezinho de cortesia extraído da máquina que ficava à disposição no canto da sala. O semblante calmo escondia o turbilhão de pensamento que assolava suas mentes. O que o especialista diria? Realmente acabou? Terá mais terapia? Dúvidas não faltavam, e aquele capetinha, dos desenhos animados, a instigar a insegurança, só fazia o tempo não andar.

Foi quando ouviram o médico pronunciar seu nome e convidá-los a seguir ao consultório. Cumprimentou afetuosamente como sua práxis, e já acomodados frente a frente iniciaram a consulta.

— Pois bem, Maria Micheli, chegamos ao fim! – iniciou o diálogo.

— É, doutor, enfim acabou, pelo menos espero que seja isso! – olhando para cima, como um rogo ao criador, respondeu ela.

— Como você está se sentindo?

— Olhe, pensei que estaria melhor, a última sessão não foi tão tranquila como imaginei que seria. Os sintomas foram fortes, mas agora aparentam estar acabando.

— Sei que não é fácil, seu tratamento não foi "água com açúcar", foi um protocolo muito pesado, é comum você estar assim – o especialista tentou abrandar o relato.

— Mas agora – continuou – vamos iniciar a fase de monitoramento, vamos marcar uma tomografia do tórax e avaliar todo o tratamento para podermos nos posicionar doravante.

Assim estavam sentenciados os próximos passos. Agora era marcar o exame e esperar o resultado. Confiante e com fé de que seria o fim de todo aquele sacrifício doloroso que estava vivendo há mais de meio ano. Quem sabe seria encontrado o cativeiro onde o maldito sequestrador mantinha sob cárcere sua vida, como antes conhecia. Sabia que o lugar era escuro, úmido, isolado, onde o algoz vigiava com intensa vontade de não libertar jamais. Entretanto, a esperança, a força, a determinação e a fé eram capazes de seguir os mínimos resquícios, farejar como um sabujo velho e encontrar e libertar da senzala o espírito que dava sentido ao modo como conhecia viver.

Ainda estava preocupada porque os cabelos não estavam aparecendo até o momento, e não perdeu a oportunidade de indagar o especialista.

— Doutor, estou preocupada com meus cabelos! Eles não estão nascendo!

— Não se preocupe, sei que gera uma ansiedade, mas seu protocolo foi muito pesado, logo seus cabelos voltarão – tentava amenizar sua ansiedade.

Despediram-se e foram para casa. Chegando ao lar, a primeira coisa a fazer foi a ligação para a clínica de imagens para agendar o tão esperado exame. Conseguiram em uma clínica próxima à sua residência um horário no dia 8 de abril. A data foi marcada no calendário.

Esperar é algo que se torna rotina na vida de quem enfrenta essa doença, e ela sabia muito bem o que era isso. Desde o início foi assim, esperar pelo resultado da biópsia, esperar pelo dia da cirurgia, esperar pelo dia do início da rádio, esperar pelo início da quimio, isso tudo com intervalos angustiantes à espera do fim da ansiedade, esperar que os efeitos colaterais acabem logo. Enfim, esperar por aquele resultado não seria assim tão diferente, a não ser pelo fato de ele ter um ar nostálgico, não aquela nostalgia que nos faz viajar pelas lembranças agradáveis do passado, mas era algo que remetia ao triste dia em que recebera do médico a informação de que estava com câncer.

Era uma segunda-feira. Ela dirigiu-se com sua irmã à clínica. Seu marido já estava trabalhando e não pôde acompanhá-la dessa feita. Estava marcado às 8 horas, todavia ela não havia tomado alguns medicamentos para prevenir reações alérgicas do contraste que seria utilizado, e teve que ficar na clínica até próximo do meio-dia. Pronto. Exame feito, com a promessa de quinta-feira estar disponível o laudo.

Seriam apenas três dias. Só que as horas, nesse caos que se transforma a vida no atropelo da doença, não passavam na mesma velocidade cíclica do relógio. Parecia que estavam em uma dimensão paralela, em que conviviam com os outros, porém o tempo e os sentimentos se relativizavam e a vida corria em um ritmo próprio. Demoram aqueles dias.

Já na véspera da consulta, estavam com o resultado em mãos. E com ele veio a celeuma: abrir e ler, ou esperar a consulta. Sabemos que o correto é sempre a interpretação do especialista, mas quem não tem curiosidade e nunca leu um resultado antes de levá-lo ao médico? Mesmo na gravidade e complexidade do caso de nossa heroína, a ansiedade atropelou o esperado e quando viram já estavam lendo atentamente o laudo que acompanhava as imagens.

Interpretar um texto técnico por si só não é algo de outro mundo, afinal não eram tão ignorantes ao ponto de nada entender. Também não tão simples assim. Antes não tivessem aberto.

O laudo mostrou-se inconclusivo, deixando uma margem muito grande para interpretação, e quando esta é feita por leigos, há uma grande chance de causar desespero e insegurança, que nessa altura do campeonato não é desejável.

Descrevia que existiam no pulmão opacidades nodulares não calcificadas e mal delimitadas. Para embaralhar ainda mais a ideia, o laudo dizia que essas alterações eram de etiologia indeterminada e que poderiam estar relacionadas à doença base. Isso foi um balde de água fria. Todo aquele sofrimento desde a radioterapia, passando pela quimio, fora todo o revés psicológico que a doença trouxe e ainda estava fortemente presente, nada disso teria acabado. Era uma sensação de derrota. Também trazia o medo da recidiva, da violência que vivera, e agora poderia estar para passar por tudo aquilo novamente. O chão sumiu dos pés do nosso casal.

Abraçaram-se em silêncio, sem a coragem de olharem nos olhos um do outro, e deixaram uma tímida lágrima pesarosa escorrer pela face. Aquela gota fluía como a lava ardente que desce vulcão abaixo dilacerando o que encontra pela frente. A esperança do fim do tratamento estava em dúvida, talvez deveriam realinhar seus pensamentos para se preparar para mais uma longa jornada, de altos e baixos, e com muito espinhos.

Enfim, as horas passaram, arrastando-se, mas passaram e já estavam à espera do chamado para a consulta. Ao ouvirem o nome dela e o convite a adentrar ao consultório, uma enxurrada de adrenalina invadiu sua corrente sanguínea. O coração disparou de uma forma que parecia que ia romper-lhe o tórax, nem mesmo a afabilidade costumaz do profissional foi capaz de conter toda aquela ansiedade.

Sentados frente a frente, médico e paciente, entreolham-se e o profissional rapidamente pega em suas mãos o envelope dos exames. Abre lentamente. Talvez o lentamente seja a impressão psicológica dos nossos personagens. Pois para eles aquele instante rodava em câmera lenta, o desejo de ouvir algo diferente do que entenderam do laudo fazia com que os segundos levassem mais tempo para passar. Na realidade, queriam pular aquele encontro, queriam não saber do resultado, e chegarem ali para ouvir do especialista o aval para o recomeço. Queriam a liberdade.

Em suas mentes o ambiente se transfigurava para um tribunal. Pareciam réus injustiçados à espera da sentença a ser proferida. O magistrado ouviria o júri, a tomografia, analisaria a defesa, que em suma estava exposta no rosto sofrido da acusada, em que seus olhos mostravam a sinceridade de que era uma injustiça sua condenação. Mas não houve clemência.

— Micheli – iniciou o especialista –, o resultado não era o que esperávamos! Entretanto, ele é indefinido, ou seja, não diz que é a volta da doença – na tentativa de amenizar, complementava –, mas devemos ficar atentos! Pelas imagens, acredito que seja um resquício da radioterapia. Como foi uma dose acentuada, a radiação pode ter afetado o pulmão e provocado uma pneumonite, ou seja, uma inflação no pulmão decorrente da radioterapia – completou o doutor.

Notando a inquietação do casal, e vendo os semblantes preocupados, ou melhor, decepcionados seria o melhor adjetivo, o médico continuou:

— Vejam bem, nós vamos acompanhar. Existem dois procedimentos a fazer, uma biópsia, mas como o achado é muito pequeno, partiremos para a segunda, que é uma nova imagem dentro de 30 dias. Além disso, vou prescrever um corticoide para, se for somente a inflamação, contermos com o medicamento. Infelizmente, devemos acompanhar e ter excesso de zelo, pois os sarcomas são danados para irem para o pulmão. Mas como é muito pequeno, quero acreditar que seja apenas uma marca da radioterapia – contemporizou. — Nesta quarta-feira teremos a reunião colegiada da clínica e estudaremos em conjunto seus exames. Rádio-oncologista estará presente e poderá analisar com maior propriedade, pois já conhece bem o seu caso por todo o acompanhamento no tratamento – finalizou o especialista.

Saíram cabisbaixos. Por mais que soubessem o que ouviriam, ainda restava em seus corações a esperança de uma notícia bem mais palatável. Mas a esperança não estava morta, e nunca deverá estar. Naquele caso, havia grandes chances de verem o cenário mudar, mas seria mais um mês convivendo com a angústia da incerteza, que afinal das contas já era a rotina.

Capítulo 18

O BANDIDO AINDA ESTÁ A SOLTA

Aquele mês foi cruel. Era uma mescla muito estranha, chegava a ser incompreensível, transitava de uma vontade alucinante de ver chegar a hora do exame para um sentimento paralisado no tempo, fazendo com que a temida incerteza congelasse a vontade de um novo veredito.

E assim aqueles 30 dias se arrastaram pelo tempo. Deixaram um rastro incerto que incomodava a todos. Não somente nossa heroína, mas todos os que compartilhavam sua convivência evitavam comentar. Quando sem querer algo levava ao pensamento sobre o exame, logo era desviado. Parecia um tabu. Lembrei Mario Quintana, pois parecia que "havia um relógio onde a morte tricotava o tempo". Seria engraçado se não fosse a gravidade do contexto que trazia para a realidade uma sombra sinistra. Parecia um dia de tempestade, em que minutos antes da tormenta fica-se com medo, mas sempre esperando que o temporal não se forme e não caia perto de onde estamos.

Mas assim como um raio, que traz a dicotomia do medo e da força da natureza, chegou o dia. Abastecida dos comprimidos que iniciaram na véspera o rito procedimental, dirigiu-se à clínica. Municiada de seus exames anteriores adentrou a porta, que abriu automaticamente, parecia que estava entrando em um portal, de um mundo, que embora conhecido era enigmático e imprevisível. Mas como uma boa guerreira, não se absteve pelo incerto e enfrentou mais aquele desafio.

Logo foi atendida e conduzida a uma antessala para aguardar a hora de se colocar frente e frente com a aquela famigerada máquina que emitira os raios responsáveis pela consolidação de seu destino. Por mais que as poltronas da sala de espera fossem confortáveis, cada toque do relógio representava uma agulhada em seus pensamentos, deixando a mente turva, sem saber concatená-los, parecia estar anestesiada.

De repente, o som estridente da voz da enfermeira quebra o estado letárgico. Prontamente ela se levanta e dirige-se ao local do exame. Não demorou muito tempo, menos de meia hora e ela já estava deixando a sala. Missão cumprida, e como ainda faltava o resultado e a análise do médico, missão comprida. O trocadilho vem muito a calhar nessa hora em que o coração parece que vai saltar pela boca, porque o destino já está traçado, está sacramentado nas imagens obtidas de seu corpo. Agora resta esperar a análise do radiologista, o qual produzirá o laudo que fundamentará os próximos passos a serem ditados pelo seu oncologista.

Mas ainda bem que conseguiu adiantar as coisas. Graças à compreensão dos profissionais envolvidos foi possível obter o resultado ainda na mesma semana do exame, da mesma forma que foi marcado o retorno ao especialista.

Era uma sexta-feira, o resultado havia sido pego na véspera e permanecia intacto. Dessa vez não foi aberto e analisado por suas visões leigas. O susto da primeira experiência selou de tal forma o envelope que jamais seria aberto, a não ser por seu médico. Parecia um daqueles amuletos mágicos, como a espada Excalibur, em que somente o escolhido teria o sortilégio de retirá-la da pedra. Nesse sentido, o médico seria quem poderia retirar de dentro daquele envelope uma notícia que predissesse boas novas e a capacidade de vencer o mal.

Sentados na sala de espera, após se anunciarem na recepção, aguardavam o tão esperado chamado, que não demorou muito, e o eco de seu nome reverberou pelos espaços aconchegantes da clínica. Levantaram-se mais rápido do que nas outras consultas e foram recebidos no corredor pela pessoa que lhes seria como o fiel da balança.

Frente a frente com o especialista, o fadado envelope repousava sobre a mesa. Dava para notar que o selo que o fechava estava violado. Ele já sabia o resultado! Um silêncio sepulcral, apesar de ser por apenas alguns segundos, atormentou seus pensamentos. Até que a voz do especialista começasse a sensibilizar seus tímpanos, um milhão de pensamentos levitavam em sua mente. Uns bons, outros nem tanto.

Foi então que se quebrou o silêncio. Ao iniciar o diálogo, o médico, conjuntamente retirava do envelope o parecer. Nesse instante nossa protagonista verificou um círculo feito a caneta sobre o impresso. E antes de terminar o prólogo ritual do clínico, ela já sabia que algo lhe chamara atenção. Aquela marca sobre o laudo seria algo positivo, ou seria o prolongamento de seu martírio? Logo saberia.

— Bem, o resultado mostrou que as manchas verificadas no exame interior diminuíram de tamanho! – diretamente disse o especialista. — E isso é bom, porque geralmente os tumores, que seriam o nosso maior temor, não diminuem de tamanho sem um tratamento agressivo. Isso nos leva a concluir que se trata realmente de resquícios da radioterapia.

Com esse parecer, o médico imaginava, mas não poderia ter a real noção do peso que retirava das costas de sua paciente. Proporcionou aquela expiração que, além do ar tomado pelo gás carbônico, expele muito mais coisas, aliviando o ser e trazendo na sequência um ar repleto de novas esperanças.

Mesmo com a informação da periodicidade de exames, a serem realizados a cada 60 dias, não interferiu na satisfação e alegria de terem ouvido aquele diagnóstico. Seria o recomeço. Talvez estivesse chegando ao fim aquele tormento. Talvez o cativeiro estivesse prestes a ser estourado. Talvez teria sua vida de novo.

Foram para casa. Comemoraram, não como antes, apenas retiveram a alegria, e o fardo abrandado, em seus corações. Aquela ideia de poder sair gritando de felicidade, sair à noite para comemorar, ainda não era possível. Talvez isso fosse um sinal de que o cativeiro ainda estivesse de pé. Ou, quem sabe, aquela rotina de dúvidas ocultas e impronunciáveis estaria fixada de tal forma em suas mentes que, por mais que as informações fossem desejáveis, elas vinham com uma bruma cobrindo-as, impedindo sua leitura simples.

Por precaução, o especialista disse que desejaria vê-la após 15 dias para auscultar seu pulmão. Excesso de zelo? Talvez, mas era o tipo de excesso que não a incomodava, afinal de contas, o inimigo era perverso e cheio de artimanhas. O luxo da displicência não seria algo que se pudesse abusar.

Assim os novos dias começaram. Não tão novos, não tão velhos. A rotina de alguém que luta contra o câncer sempre é uma montanha russa muito longa, é difícil de chegar ao fim. Mas há de ter um fim. Há de ter uma hora em que se pode descer do brinquedo, nada engraçado, olhar para trás e levar consigo somente as lembranças dos sustos, dos altos e baixos.

Lembrar-se dos loopings somente como um frio na barriga, distante, sem maiores consequências, mas sem a vontade de senti-lo novamente.

Os encontros com o médico apenas ratificaram o diagnóstico favorável. Porém... ah, os poréns da vida, se não fossem eles muitas histórias seriam mais retilíneas, sem curvas inesperadas, escaladas íngremes e descidas vertiginosas. Mas a vida é assim. Lembrando o professor Clovis de Barros, que nos diz que nossa vida é uma senoide – para quem não lembra, é a função trigonométrica do seno, que resulta em uma curva periódica em que o domínio e o contradomínio são iguais, ainda uma onda sinusoidal com oscilação constante, ou seja, com picos de altos e baixos. Mas voltando ao filosofo, Clóvis de Barros nos ensina que para existir a alegria, necessariamente tem que haver tristeza. Logo, nossa vida é um amontoado de sentimentos que transitam entre a alegria e a tristeza, formando nossas vivências, e como encaramos isso é o que ditará, ao final das contas, o que entendemos por felicidade.

Em tempos de relações líquidas, podemos até imaginar uma vida relativamente constante. Mas se aprofundarmos nossa análise para o mundo real, o mundo vivido como Habermas diria, veremos que brincamos em uma montanha russa todos os dias. E nossa real felicidade vai sair da equação de como tratamos nossas alegrias e tristezas.

Assim é nossa vida. Conceitos que ficam mais evidentes em quem luta contra o câncer. Cada dia, cada exame, cada diagnóstico favorável, cada susto, cada revés, vai criando uma consciência de vida em que o momento feliz é aquele que você não quer que acabe. E vivendo intensamente aquele instante, você é feliz, e isso é o que importa. Sabe que a tristeza virá, mas tem a esperança de que a senoide volte a subir no próximo ciclo e as alegrias que surgirem serão tão intensas que poderá dizer: sou feliz.

Somos sentimentos, e como tratamos nossas emoções vai comandar nossa plenitude de felicidade, não como algo perfeito, mas como um quebra-cabeça em que vamos juntando cada peça, algumas de fácil encaixe, outras nem tanto, mas que no final rendem uma imagem completa, que dependerá dos olhos de quem a vê contemplar em sua complexidade a sua beleza.

Capítulo 19

A RONDA DO MELIANTE

Sequestro, ato pelo qual, ilicitamente, priva-se uma pessoa de sua liberdade, mantendo-a em local de onde não possa sair livremente. Desde o início da nossa história, a analogia ao termo jurídico nos levou a uma série de reflexões sobre a nossa liberdade. Chegando até mesmo a pôr em teste nossos conceitos de liberdade.

A doença, em especial o câncer, torna essa correlação mais sentida. O cárcere que a doença representa e a turbulência que causa nas vidas das pessoas envolvidas são tamanhos, ao ponto de se tornarem um superlativo de correspondência entre a liberdade e o cativeiro. A dor sentida, o chão ausente, a incerteza constante, levam a um estado latente de sobrevivência. A vida continua, e para a maioria, da mesma forma, entretanto aos conviventes da chaga ela parece transcorrer em um universo paralelo onde, volta e meia, a gente volta à realidade e logo é abduzido novamente. Nossas crenças são colocadas à prova, são testadas a ferro e fogo, podendo chegar ao ponto de duvidarmos se estamos vivendo realmente ou é um pesadelo infindável, tipo daqueles que você tenta acordar e não consegue.

Às vezes, você se senta em um local isolado, baixa a cabeça, fica alguns instantes que teimam em passar vagarosamente. Então levanta a cabeça aos céus e tenta argumentar com nosso criador, ou conforme queira chamar a energia que dá sentido à vida: por que isso aconteceu justamente comigo?

Embora saiba que esse é o carma de muitas pessoas, teimamos em pessoalizar de tal forma a cobrar isso do criador. Desculpe a sinceridade, mas temos rompantes de revolta em que colocamos em xeque toda nossa fé. Isso é um viés que nos remete à prisão de nossa mente, e tranca nosso espírito ao ver apenas a pequenez de nosso conhecimento, ficamos retidos em achar respostas prontas e não vemos a enciclopédia que estamos escrevendo com nossos passos. São ensinamentos valiosos.

Acostumados à máxima "santo de casa não faz milagre", nos sensibilizamos e até choramos de histórias alheias e distantes que mostram a luta de pessoas que não conhecemos, que não sabemos ao certo seus sentimentos, e deixamos passar as nossas vivências sem essas emoções, sem aprender com elas. Não digo subestimar ou relegar ao ostracismo o que acontece com os outros, em um mundo tão líquido, de relações tão digitais, a empatia é um remédio para tamanho distanciamento da humanidade. Mas para isso, para ser empático na essência, tenho que ter um conhecimento e valorização do meu Eu, ser aceito por mim mesmo, e saber ver em mim o ser que devo mais cuidar em todo o mundo. Sim, pois se eu não estiver bem comigo mesmo não conseguirei ver o bem, de forma plena, nos outros, e da mesma forma não saberei ler a dor dos outros de forma verdadeira, subestimando-a ou mesmo ignorando-a, e assim não sendo plenamente empático.

Ver fora da caixa é um grande remédio que pode, não digo curar, mas amenizar muitos dos males que nos afligem. Desde pensamentos depressivos, até mesmo as consequências físicas de doenças, podem ser contornados pela forma com que tratamos esses sentimentos. Ver além, olhar para o lado, internalizar um pouco da Poliana moça, nos ajuda muito a entender e saber viver com aquilo que está acontecendo neste momento, saber que vai passar, que novos ares virão, e junto novos e diferentes desafios.

As horas de tensão, de risco iminente de morte ou perigo próximo, nos exigem uma reação à altura. E muitas vezes conseguimos reagir de forma a enfrentar as situações de estresse extremo com certa desenvoltura. E quando estamos unidos em um grupo, seja família ou amigos próximos, e coesos para enfrentar juntos os desafios, o fardo parece nos ser mais leve. Claro, dividimos o peso com essas pessoas e a própria situação nos leva a agir. Se não fizermos algo, aquela onda indesejável vem e nos carrega para o fundo, então nos mexemos. Por isso, muitas vezes o passar pelas tribulações se torna mais automático e lidamos com mais firmeza e determinação do que quando estamos apenas na marola que o tsunami deixou.

Explico. No caso do câncer, logo após a cura física, fica uma situação muito estranha. Apesar do afastamento imediato da doença, as sequelas psicológicas continuam agindo. É difícil, principalmente para o curado, acreditar que tudo aquilo acabou, que a vida começará a voltar como antes. Para quem está ao lado existe um certo relaxamento, um suspiro bem profundo que faz com que baixemos a guarda. E aqui mora o perigo. Não de consequências físicas imediatas, mas de não saber lidar com esse novo período. O relaxamento pode levar a uma série de conflitos internos e externos, pois agora não está presente aquela pressão imensurável, mas surgem novos elementos que talvez causem certa confusão. E nessa hora a ajuda profissional é uma boa alternativa, para não dizer indispensável.

Parece que a prisão nunca abandonará nossa protagonista. Mesmo passada a tempestade, com o mar menos revolto, parece que está ancorada no centro de um furacão. O cárcere, que outrora achava que teria sido desfeito, aparece em cada gesto incompreendido, em cada sentimento confuso. Tem a impressão de que o algoz não fora dizimado, que o cativeiro apenas mudou de lugar. Agora está em um local mais aprazível, com mais iluminação, mais asseado, mas ainda continua presa. Os grilhões que pareciam rompidos ressurgem a cada instante, a cada noite mal dormida, a cada palavra incompreendida. Ele ressurge apertando, lembrando que ainda retém sua vida.

Passados mais de 9 meses, ela ainda convive com as dores. Antes o tumor causava essas dores, depois veio a cirurgia, depois a radioterapia e, por fim, a quimioterapia, que fizeram uma miscelânea de dores que deixava nossa protagonista desorientada. Eram tantos tipos de dores que nem sabia mais qual sentia. Entretanto, a maior de todas não se faz presente na carne, no corpo, mas sim na mente, no espírito, a dor que a incerteza causava, o medo da morte.

E agora passado todo esse tempo, findado o tratamento e quase alforriada, a chibata ainda ardia como se fosse uma escrava sendo penalizada no tronco rude e cruel, a recuperação da cirurgia ainda infligia uma dor constante, não muito intensa, mas sem tréguas. Era como se o feitor, por tirania, maltratasse vagarosamente sua vítima, lembrando-a que ainda estava cativa. Os grilhões ainda estavam atados e marcando indelevelmente o ser daquela vivente.

Seria isso daqui para frente? A convivência eterna enquanto ainda teimasse em permanecer neste mundo? Jamais se livraria daquelas algemas?

Talvez não sejam somente suas essas dúvidas. As ocasiões e os cenários talvez sejam diferentes, mas o pano de fundo é mais semelhante do que imaginamos. Toda a história, de qualquer pessoa, vai estar recheada dessas mesmas dúvidas, serão dores físicas, dores psíquicas, relações conflituosas, vazios existenciais, e por aí vai a lista de mazelas que nos prendem. São algemas invisíveis, enigmaticamente sólidas como o aço, mas tão lassas quanto um tope em fita mimosa. E a metamorfose das amarras depende da forma como as vemos, de como lidamos com nossas incertezas, de como encaramos a vida. Pois ela, a vida, é quem nos oferece os atilhos, e não tem como evitá-los, não nascemos prontos, tampouco temos um manual de como proceder a cada obstáculo que se apresenta.

Bem resumiu Drummond:

No meio do caminho tinha uma pedra

tinha uma pedra no meio do caminho

tinha uma pedra

no meio do caminho tinha uma pedra.

Nunca me esquecerei desse acontecimento

na vida de minhas retinas tão fatigadas.

Nunca me esquecerei que no meio do caminho

tinha uma pedra

tinha uma pedra no meio do caminho

no meio do caminho tinha uma pedra.

E assim a vida segue, até ficarmos cansados, com as pálpebras recaídas recobrindo o olhar fadigado pelo tempo, vendo um horizonte distante formado por um relevo irregular repleto de discrepâncias, em que cada diferença possui sua beleza, traz a alegria ou o medo e não poucas vezes a mescla de ambos nas lembranças. E assim surge a chave do mistério. Lembranças, tudo se transformará em lembranças, e será como um livro, em que o tom da narrativa será o eco de como se trata a paisagem durante a caminhada.

Capítulo 20

ENFIM A LIBERDADE.

A liberdade.

Podendo ser definida como a independência do ser humano, seu poder de ter autonomia e espontaneidade. Para muitos um conceito utópico, uma vez que é questionável se realmente os indivíduos têm a liberdade que dizem ter.

Para nossa heroína é um constructo que se fez mais presente diante de toda sua história. O aprendizado foi absorvido e transformado em um sentimento libertador. Mas como no momento primaz que traz à luz a vida, a dor estava presente. Contudo, diante da maravilha da criação, a algia se desfaz erraticamente, e uma nova oportunidade surge, ensinando que o passado é um local de referência e não para residência.

E assim a vida seguiu, mesclando alegrias e tristezas em uma eterna aquarela, em que se ilude a percepção do artista ao achá-la pronta, e sempre surgirá um novo traço de tinta a trazer nova leitura:

"Passaram os dias, quase 365 dias. E foi assim que fui enfrentando meus medos, incertezas, sempre rodeada de pessoas luz, que só queriam me ver bem. Equipes que não me permitiram sentir só. Cuidadoras amáveis, adoráveis. E o tempo passou, e grande é a minha vitória.

Estar bem, estar aqui, com a minha família, com meu marido, que em momento algum permitiu que eu me sentisse desamparada. Com minha família tão amada, é a representação que o que foi ruim hoje é passado. Quando estamos passando por momentos de tribulação achamos que jamais vão passar, mas passam. E não importa mais o sofrimento, a dor, a tristeza, pois tudo passou.

Apesar de ter deixado marcas, essas cicatrizes levarei comigo em forma de aprendizado. Aprender na dor acho que nos torna mais fortes, nos ajuda a dar um significado grandioso à nossa vida.

Deus é tão bom e justo que me permitiu estar aqui, me restabelecendo, porque agora é assim, me restabelecer, me ressignificar nesta vida, com outros valores e reencontrar novamente o meu eu adormecido. Fazê-lo se redescobrir com minha família construída e fazê-lo se encontrar com minha família raiz que Deus me enviou. Aprender a amar mais, a perdoar mais, sem cobrança, sem questionamento, apenas amar e perdoar a cada um. Sem dedo apontado.

Quando passamos por uma prova assim, em meio à dor aprendemos a dar valor a tudo, sem olhar muito para o dia de amanhã. Porque o que vale mesmo é viver o agora, perdoar e aprender a amar mais.

Aprendi que não posso mudar ninguém, mas a minha mudança pode de alguma forma transformar aqueles que estão ao meu redor.

Aprendi que a gente não precisa entender as escolhas dos outros, só precisa respeitar, por mais que nos pareça contrário. Respeitar apenas.

E a bênção do recomeço que se inicia não importa onde se parou, em que momento da vida cansei, ou cansou, o que importa é que sempre é possível e necessário recomeçar. E a vida só traz o melhor quando deixamos ir o que já não nos pertence mais. E se existe alguma regra, a principal deve ser aproveitar cada segundo que nos é dado, e agradecer sempre.

Obrigada, Deus, pela saúde e a vida longa, e que sejamos livres sempre da palavra que fere, da angústia que chega, da maldade que assombra, da ilusão que engana e do cansaço que esgota, da mentira que confunde, do desafeto que afasta, do orgulho que separa e da mágoa que adoece. Que sejamos livres de tudo isso.

Que reste apenas o brilho do hoje!

Obrigada, Deus; gratidão, família!"

Fim.